KB100020

스위처블 러브 스토리

스위쳐블 러브 스토리

SWITCHABLE LOVE STORY

김수연 소설

엘리

차례

전지적
처녀귀신 시점

내 이야기를 하기에 앞서 우선 호칭 정리부터 해야겠군요.

나를 어떻게 불러도 상관은 없어요. 아무래도 한국에서의 가장 보편적인 호칭은 처녀귀신이겠죠. 말 그대로 젊은 여자의 영혼이니까요. 이왕이면 수호령이나 가디언 에인절Guardian Angel, 행운의 요정 같은 성스럽거나 깜찍한 이름으로 불러주면 더 좋겠지만 그렇게까지는 욕심내지 않을게요.

이번엔 당신에게 묻죠. 누군가를 사랑하고 있나요? 그 사랑이 영원할 거라 믿어요? 그 사람의 모든 것을 알고 있다고 확신하나요?

부디 내 이야기가 이 질문들에 대한 작은 레퍼런스가 되길 바라며.

*

그를 처음 알게 된 건 열여섯 살 때였어요.

어느 새벽, 가족들 몰래 거실에서 텔레비전 채널을 돌리다 그를 발견했죠. 여담이지만 부모님이 통영에서 인쇄소를 했었거든요. 인쇄소 옆에 붙은 작은 방에서 다섯 식구가 복작복작 살았어요. 그래서 나는 새벽을 참 좋아했답니다. 하루 종일 시끄럽게 돌아가던 인쇄기 소리와 가족들의 말소리가 잦아들고, 나 홀로 고요히 존재할 수 있는 유일한 시간이었거든요.

그때 그를 '발견'한 거죠. 아마 어느 지상파의 심야 예술 프로그램이었을 거예요. 한 줄기 핀 조명 아래 흰 셔츠를 입은 소년이 그랜드 피아노를 연주하고 있었고, 이름 모를 아름다운 선율이 흐르고 있었어요(그게 쇼팽의 〈야상곡〉 2번이었다는 건 나중에 알았고요). 네 뼘짜리 브라운관에서 펼쳐지고 있던 그 광경은 뭐랄까…… 천국의 창호지에 구멍을 내어 잠깐 그 안을 들여다보는 기분이었달까요. 볼을 타고 흐르던 이유 모를 눈물의 감촉까지 생생해요. 세상에 저렇게 아름다운 사람이 있다니.

연주가 끝나고, 푹신한 소파에 앉은 사회자가 그와 대담했죠.

신동이라는 세간의 평이 부담스럽진 않으십니까?

아니요, 그렇지 않습니다. 더 열심히 해야겠다는 원동력이 되죠.

어린 나이에 홀로 하는 유학 생활이 쉽지만은 않을 것 같은데요, 외롭거나 한국이 그리울 때는 없으신지요.

우선 연습하느라 바빠서 그런 감정을 느낄 시간이 별로 없고요, 다행히 오스트리아 음식이 입에 맞아서 잘 지내고 있습니다.

올해 퀸엘리자베스 콩쿠르에서 파이널리스트에 이름을 올리셨는데요.

네. 다음에는 수상자로 인터뷰할 수 있도록 노력하겠습니다.

우아하고 이국적인 단어들을 내뱉는 하얗고 마른 얼굴, 까만 머리카락, 당차다가도 수줍게 휘어지는 눈매. 화면 아래에 자막이 뜨고 있었어요. 민계우(19).

아마 그 새벽 잠자리에 누워, 마치 기도문을 읊듯 간절한 마음으로 그 이름을 되뇌었던 것 같아요. 민계우. 민계우. 민계우. 무언가 내 인생에 중요한 사건이 벌어졌다는 예감이 들었죠. 누구에게나 그런 순간이 있잖아요? 인생이 강물이라면 그 흐름이 탁 바뀌는 순간. 그게 내게는 그 새벽이었던 거죠.

*

그렇게 나는 어린 피아니스트의 더 어린 팬이 되었어요. 팬 카페를 들락날락하며 그의 사진과 동영상, 신문 기사와 인터뷰를 보고 읽는 것이 삶의 낙이 되었죠.

누군가를 사랑하는 일의 경이로운 점은, 그 사랑의 범위가 물감이 번지듯 세상 전반으로 퍼져나간다는 거예요. 가요만 듣던 내가 클래식 음악을 좋아하게 된 것처럼. 학교에서 점심시간만큼 음악시간을 좋아하게 된 것처럼. 그가 좋아하는 비가 내리는 날이면 나도 덩달아 기분이 좋아진 것처럼. 언젠가 오스트리아를 꼭 가보리라 다짐한 것처럼. 그가 좋아한다는, 각설탕 두 개를 넣은 찐득한 에스프레소를 음미해보려 애쓴 것처럼.

말하자면 그를 사랑하는 일은, 비단 민계우 한 사람만을 사랑하는 일이 아니었어요. 이 광활한 우주에서 사랑해야 할 것들이 점점 늘어나는 일이자, 그가 사랑하는 것들을 따라서 사랑하게 되는 일이었죠. 그를 몰랐다면, 아마도 나는 지금과 전혀 다른 취향과 감수성을 지닌 사람이 되었을 거예요. 그야말로 '다른 사람'이요.

*

수능을 치자마자 알바를 시작했어요. 그의 공연 티켓값을 벌기 위해서였죠. 가난한 학생에게 좋은 좌석은 사치였고 통영과 서울을 오가는 차비까지 감당해야 했기에, 기껏해야 저렴한 A석이나 OP석 한 자리를 차지하는 게 전부였어요. 그래도 그의 연주를 들을 수 있는 것만으로도 행복했답니다. 공연장 로비에 죽치고 기다리다가 퇴근하는 그를 먼발치에서나마 본 날은 더 바랄 것이 없었어요. 아직도 생생하네요. 그 피곤하고 창백한, 영원히 닿을 수 없을 것만 같던 옆모습이.

*

그날에 대한 이야기를 해야겠군요. 스물두 살 때였나, 그가 정부기관에서 주최하는 음악회에 연주자로 출연한다는 정보를 입수했어요. 당장 자원봉사자로 지원했죠. 부모님께는 취업에 도움이 될 대외활동이라 둘러댔

고요. 놓칠 수 없었어요. 다른 대기권의 존재인 그에게 접근할 수 있는 최초의 기회였으니까요. 나는 마치 우주선 탑승권을 따낸 비행사가 된 기분이었어요.

카운트다운하듯 시간이 흐르고, 드디어 행사 날이 밝았어요. 그가 리허설을 마치고 휴식하는 타이밍을 틈타 대기실 문을 두드렸습니다. 야무지게 STAFF 명찰을 목에 걸고서요.

똑, 똑.

아마 내 인생 가장 박진감 넘치는 두 번의 노크였을 거예요. 그 박자에 맞춰 심장이 팡, 팡 터져버려도 전혀 이상하지 않을 것 같았죠.

조심스레 연 문틈 사이로, 소파에 파묻힌 그가 보였어요.

"쉬시는데 죄송해요."

어떻게 잊을 수 있을까요. 우리가 처음이자 마지막으로 서로를 마주 보았던 그 순간을.

드디어 궤도를 좁혀 가까워진 나의 태양, 나의 우주.

"제가…… 연주자님 팬이어서요. 사인 하나만 해주시면 안 될까요."

나는 쭈뼛쭈뼛 시디와 유성매직을 내밀었어요. 그는 승낙의 의미로 입으로만 살짝 웃어 보이더니, 사인회로

단련된 재빠른 몸짓으로 시디 위에 사인했습니다. 이름이 뭐냐고 물어봐줄 줄 알았는데 아쉽게도 그러지는 않더라고요.

초조했어요. 그가 내민 시디를 건네받는 순간 나는 다시 지구로, 나의 세상으로 돌아가야 할 텐데. 어떻게든 그와의 대화를 이어가야만 했습니다. 나는 어색하게 상기된 목소리로 아무 말이나 떠벌대기 시작했죠.

"저…… 드뷔시 좀 자주 연주해주세요."

그가 응? 하는 표정을 지었어요.

"저 연주자님의 〈달빛〉 진짜 좋아하는데…… 2011년 예술의전당 공연 때 딱 한 번 쳐주셨잖아요. 그 영상 하도 많이 봐서 건반 닦는 제스처랑 숨 쉬는 구간까지 다 외웠단 말이에요."

그는 재밌다는 듯이 나를 바라보았어요. 그 몇 초가 영원처럼 느껴졌고요.

"드뷔시 어려운데."

"네?"

의아했죠. 어렵기로 악명 높은 라흐마니노프나 〈라 캄파넬라〉 같은 곡도 거침없이 소화하는 연주자에게 어울리지 않는 겸손이었으니까요.

"미술 좋아해요?"

이건 또 무슨 질문이람. 예체능에 대한 흥미는 음악에 올인했던 터라 뭐라고 답해야 할지 우물쭈물하고 있는데 그가 말을 이었어요.

"저는 유명한 건축물처럼 정교하고, 화려하고, 각이 딱딱 떨어지는 연주를 좋아합니다. 그런데 드뷔시는 그렇지 않죠. 빛이 막 뭉개지는 인상주의 화가들의 그림 같달까. 그 모호한 아름다움을 제대로 표현해낼 자신이 없어요."

내 눈을 봐준 것만으로도 놀라운 일인데 내 말에 성심껏 답을 해주다니, 이것은 과연 꿈인가 생시인가. 얼떨떨한 와중에 매니저가 들어왔고, 그는 마치 잘 가요 하듯 웃으며 길고 가느다란 손가락으로 유성매직을 건네주었어요.

사인 시디를 품에 안고 대기실 앞 복도를 걸으면서…… 조금 울었던 것 같습니다. 지구로 귀환한 비행사가 지구인들 앞에서 우주의 아름다움을 증언할 때의 심정이 그와 비슷하지 않았을까. 아마도 그때 정확히 알았던 것 같아요. 나는 평생, 아니 죽어서도 그를 사랑할 수밖에 없다는 것을.

*

그가 좋아하는 비가 쏟아지던 날이었어요. 그의 연주도 완벽했죠. 앙코르 곡으로 쇼팽의 〈빗방울 전주곡〉을 선사하던 센스 있는 사람. 오늘 공연도 정말 좋았어, 정말 멋지고 귀엽단 말이지, 흐뭇해하며 터미널로 향하던 길이었습니다.

귀에 꽂은 이어폰의 음악 소리를 요란한 빗소리가 잡아먹고 있었어요. 탁한 잿빛 세상, 땅 위에 빈틈없이 직각으로 꽂히던 빗줄기들, 혼란하게 빵빵대는 경적 사이를 걸어가고 있었죠. '가방 속의 프로그램 북이 젖으면 어떡하지, 얼른 집에 가서 쉬고 싶다' 같은 생각을 하며 걷고 있는데, 불현듯 날아오는 운석을 온몸으로 맞은 듯한 충격이 느껴졌어요. 그것이 운석이 아니라 빗속을 질주하던 오토바이였던 것이 문제였지만.

'덕통사고'라는 말이 있죠. 누군가의 팬이 되는 계기가 마치 교통사고와 같다는 뜻. 둘 다 겪어본 입장에서 말하자면, 둘은 꽤나 비슷해요. 갑작스럽고, 충격적이며, 한순간에 운명을 뒤바꿔놓으니까요.

*

깊게 생각해본 적은 없지만, 막연히 죽으면 저승사자 같은 사람들이 나를 어딘가로 인도해줄 줄 알았는데 그렇지는 않더군요. 대신 사고가 난 후 49일까지는 저만치 떨어진 곳에 뿌연 빛이 터널 입구처럼 열려 있었어요. 저 문을 통과하면 다른 차원으로 넘어가겠구나, 직감적으로 느껴지는 광경이었죠.

죽은 직후의 상황이 어땠냐고요? 정신없었죠 뭐. 비와 피로 흠뻑 젖은 내 모습을 3인칭으로 내려다보면서는 얼떨떨했고, 내 육신에 대고 DOA^{도착 시 사망}를 선언하는 응급실 의료진에게 뭘 좀 더 해볼 수 없냐고 부르짖었지만 들리지 않는 것 같았어요. 장례식장에서 망연자실한 가족들을 보며 가슴이 찢어졌다가, '애가 나돌아다닐 때 안 말리고 뭐 했느냐' '그러는 당신은 애한테 관심이나 있었느냐' 서로를 헐뜯으며 싸우는 부모님을 보면서는 내가 참 탈출하고 싶었던 광경이 저것이었다 싶어 고개를 가로젓기도 하고. 뭐 그랬어요.

와중에도 나는 그를 찾아가는 것을 멈추지 않았어요. 대단하다고요? 생각해봐요. 그를 사랑하는 것이 주된 일과였던 나인데, 육신 하나가 사라졌다고 뭐가 그리 달라졌겠어요.

귀신이 된 후 처음으로 그를 보러 간 날의 얘길 해줄

게요. '민계우가 보고 싶다'고 떠올리는 것만으로도, 나는 어느새 그의 연습실에 도착해 있었어요. 그는 막 한 차례 연주를 끝낸 참인지 피아노 의자에 비스듬히 앉아 있었죠. 그러다 문득 주머니를 뒤적거리더니, 연두색 청포도 사탕 하나를 꺼내 드는 거예요. 우물우물 사탕을 까먹는 그를 보며 내적 비명을 질렀죠. 세상에, 이탈리아 장인이 만든 고급 초콜릿만 먹을 것 같은 사람이 청포도 사탕이라니 너무 귀엽잖아요. 공연장에서 멀찌감치 지켜볼 때와는 차원이 다른 디테일에 환호했던 기억이 나요. 처음엔 어색해서, 또 혹시라도 내 존재를 들킬까봐 멀찌감치 떨어져서 그를 바라봤지만, 곧 그의 그랜드 피아노 위에 걸터앉아 그가 연습하는 모습을 감상하는 여유까지 생겼답니다.

좀 이상하게 들릴지 모르겠는데, 덕질을 하기에는 사람보다 귀신인 편이 압도적으로 유리해요. 일단 아무리 먼 거리도 이동에 시간과 돈이 들지 않고요. 누구의 방해도 받지 않고 그가 있는 곳에 다다를 수 있죠. 게다가 그는 나를 전혀 인식하지 못하기 때문에, 원하는 거리에서 원하는 만큼 그를 관찰할 수 있는 것도 인간 팬은 상상도 할 수 없을 이점이랍니다.

그래서, 나는 귀신으로서의 덕질에 푹 빠져 49일을

흘려보냈던 거예요.

*

처음부터 그와 영원히 함께하겠노라고 굳게 결심했던 건 아니었어요. 그저 하루하루 옆에서 그를 지켜보는 재미에 홀려 있었는데…… 49일이 지나자 빛의 터널이 자취를 감추었어요. 그제야 아차 싶었지만, 솔직히 그다지 아쉽지도 않았던 것 같네요. 아마 다시 돌아가도 같은 선택을 하지 않았을까요. 나는 그가 없는 세상으로 넘어갈 만큼 용기 있는 귀신이 아니었거든요.

그렇게 나는 언제나 그의 곁에 함께하는 존재가 되었어요.

그의 침대에 나란히 누워 하루를 시작하고, 또 마무리했죠. 그가 조깅할 때면 그의 옆을 따라 뛰었는데, 생전엔 운동을 지독히 싫어했지만 이젠 가벼워진 몸이라 가능한 일이었어요. 그가 식사하는 테이블 맞은편에 앉아 턱을 괸 채, 흐뭇하게 그 모습을 바라본 일도 셀 수 없이 많아요(그는 혼밥이라 생각했겠지만). 연습하는 그의 등에 기대어 공명하는 음악을 느끼고, 연주가 끝나면 그가 듣지 못할 박수를 힘차게 쳤죠.

그저 지켜보기만 했던 건 아니에요. 무대에 오르기 전 긴장으로 뭉친 그의 어깨를 만져주고, 불면의 새벽이면 그가 잠들 수 있도록 이마를 쓸어주고, 뜨거운 여름이면 훅 하고 지나가는 바람이 되어 땀을 식혀주고, 비가 오는 날 아침에 신발장에서 우산을 툭 떨어뜨려주는 것도 나의 몫이었답니다.

물론 그는 조금도 눈치 채지 못한 것 같았지만.

*

귀신의 몸으로 하는 덕질의 장점은, 말 그대로 상대방의 전부를 알 수 있다는 거예요. 그의 인간 팬 중 하나였다면 절대 몰랐을 것들을 수없이 알게 되었거든요. 그가 밤에 입 벌리고 자는 습관이 있다거나, 모든 음식에서 흰색 파를 골라낸다거나, 왼쪽 허벅지에 엄지손톱만 한 반점이 있다거나, 기분이 좋을 땐 혼자서 철 지난 K팝을 흥얼거린다거나 같은 것들이요. 그와 같은 인간이 아니게 되고 나서야, 나는 비로소 민계우라는 인간을 제대로 이해하게 된 것 같았어요.

그중에서도 가장 인상 깊은 사실을 꼽는다면…… 그가 와인을 꽤 자주 마신다는 것, 그리고 그럴 때마다 종종 즉흥적으로 피아노에 앉는다는 것이었어요. 바짝 날이 서 있는 무대 위에서나 고독한 수행자에 가까운 연습실에서와는 달리, 피아노 앞에서 유일하게 행복해 보이는 순간이었죠. 술기운에 연주가 뭉개져도 아랑곳없이 친구들과 낄낄대던 모습을, 나는 일행 중 한 명이 된 듯 흥겹게 바라보곤 했어요. 단언컨대 그의 처녀귀신이라서 누릴 수 있는 특혜였다고 생각해요.

귀신의 몸으로 하는 덕질의 단점은, 역시나 말 그대로 상대방의 전부를 알게 된다는 것 아닐까요. 호기심에 몇 번 욕실에 따라 들어갔다가 이건 아니다 싶어 벽 밖으로 빠져나왔어요. 그가 치실을 하거나 변기 위에 앉아 있는 모습까지 챙겨 볼 필요는 없겠더라고요. 세상에서 가장 격조 있는 존재인 줄 알았던 그가 운전하며 욕을 내뱉거나 길거리에 슬쩍 쓰레기를 흘릴 땐 내가 아는 민계우가 맞나 싶어 실망하기도 했어요.

근데 뭐, 그런 것들은 별문제가 아니었어요. 음악밖에 모르는 고고한 예술가인 줄 알았던 그는 사실 외로움을 타는 평범한 인간이었고, 신체 건강한 청년이었죠. 그가 위스키 바에서 만난 여자를 집에 데려온 밤, 하는 수 없이 그의 침대를 비켜주고 혼자 거실에서 얼마나 울었는지 몰라요. 곧 그런 일들에 익숙해지긴 했지만요. 그는 짧게 여러 애인들을 만들었다 헤어졌고, 공식적인 연애 외에도 파티에서, 술집에서, 동료 음악가들 사이에서 아슬아슬한 텐션을 주고받곤 했어요. 그 모든 연애의 역사를 가감 없이 지켜보는 것은 고통스러운 일이었지만, 누굴 원망하겠어요. 내가 선택한 길인걸.

*

그는 일 년의 절반은 한국에서, 나머지 절반은 공연을 위해 세계 각국에서 보냈어요. 덕분에 나는 이승에서 가장 글로벌한 처녀귀신으로 지낼 수 있었죠. 여권도 입국 심사도 없이 낯선 도시들을 오가며 나는 꽤 즐거웠답니다. 정작 생전에는 그의 티켓 값을 마련하느라 변변한 해외여행 한 번 해본 적 없었는데 말이에요.

그와 함께 국경을 넘을 때, 나는 비어 있는 비즈니스석 한 자리를 차지하고 가는 것을 좋아했어요. 내 몫의 기내식이 나오지 않는다는 점을 제외하면 꽤 흡족한 비행이었죠. 아무도 나를 신경 쓰지 않았어요. 부에노스아이레스행 비행에서였나? 딱 한 번 심령술사로 추정되는 중년 남자가 뚫어져라 나를 쳐다보았던 일을 제외하면요(그때 내가 그에게 보낸 게 윙크였던가, 메롱이었던가).

공항에 도착한 후 그의 캐리어에 걸터앉아 이국의 향을 즐기다보면 어느새 호텔이었고, 가운 차림의 그 사람 옆에서 도시의 불빛을 바라보다 푹신한 구스 침구에 몸을 파묻을 때면 혼잣말이 절로 튀어나왔어요. 아, 정말이지 죽어도 여한이 없어. 이미 죽었지만.

안타깝게도 그는 나만큼 그 생활을 만끽하지는 못했던 것 같아요. 무대에 오르기 전 비행기 안에서는 날카로운 칼처럼 벼려져 있었고, 무대를 마치고 돌아가는 비행기 안에서는 물 먹은 솜처럼 축 처져 있었어요. 매일 바뀌는 잠자리, 적응할라치면 또다시 뒤바뀌는 시차, 무대 위에서 수천 명의 뜨거운 갈채를 온몸으로 받아낸 후 불과 몇 시간 뒤 거짓말처럼 낯선 호텔방에서 홀로 존재해야 한다는 사실. 그런 것들이 그를 한없이 공허하게 만드는 것 같았어요. '당신은 혼자가 아니에요'라고 몇 번이나 속삭였지만 그는 듣지 못했어요. 등을 토닥여봤자 그는 서늘해할 뿐이었죠.

그를 완전히 가졌으면서도 하나도 가지지 못한 것, 그의 작은 손톱 하나까지 사랑하면서도 그 사랑이 그의 공허를 손톱만큼도 채워주지 못한다는 사실. 그건 비단 나만의 슬픔은 아니었을 거예요. 살아 있는, 혹은 죽은 모든 팬들의 슬픔이겠죠.

그렇게 나의 덕질에는 기쁨과 슬픔이 공존했어요.

*

내가 사랑한 그도 누군가를 진정으로 사랑한 적이 있었을까. 딱 한 번 있었다고 생각해요. 그가 한국 나이로 갓 서른을 넘겼을 때, 어느 국제회담 만찬 자리에 축하 공연 연주자로 초청된 적이 있었어요. 그때 함께 참석했던 국제회의 통역사에게 그는 아마 첫눈에 반했던 것 같아요. 만찬이 끝나고 그가 통역사 부스에 찾아가 연락처를 물어보았고, 둘의 인연이 시작되었죠.

두 사람은 공통점이 많았어요. 젊고, 아름답고, 능력 있고, 직업상 전 세계를 오가는 것도 비슷했죠. 그들은 각자 지구 어딘가에서 연주와 통역으로 바쁜 삶을 보내다, 베이스캠프를 찾듯 한국에 돌아와 서로를 만났어요. 유럽의 인근 나라들로 동시에 일하러 갔을 때에는 중간 도시에서 만나기도 했고요. 파리의, 베를린의, 부다페스트의 연인이 되어.

일찌감치 눈치는 채고 있었어요. 그녀를 바라보는 그의 눈빛이 지금까지와는 다르다는 것을. 그는 그녀 앞에서 아이 같아 보였고, 고향에 온 듯 편해 보였고, 그녀가 너무 소중해서 어쩔 줄 몰라 하는 것처럼 보였어요. 언제나 자신만만하던 그가 처음으로 누군가에게 사과하거나 눈치 보는 것을 볼 때면, 그의 새로운 모습을 알게 해준 그녀에게 묘한 고마움까지 느꼈다니까요.

그래서 그들 사이가 깊어지는 것을 지켜보면서도 생각만큼 억장이 무너지진 않았던 것 같아요. 인정할 수밖에 없이 멋진 한 쌍이었으니까.

물론 나는 자비로운 신의 경지에 이르지 못한 한낱 귀신이기에 질투가 나는 건 어쩔 수 없었어요. 그건 인정해요. 그래도 딱히 원혼처럼 진상을 부리지는 않았다고 생각해요. 몇 번 짓궂은 장난을 치긴 했죠. 둘이 사랑을 나눌 때 뜬금없이 핸드폰 알람이 울리게 해 맥을 끊는다거나, 그들이 예약한 레스토랑을 단수시켜 고대했던 저녁식사를 망친다거나 하는. 뭐 그 정도면 귀여운 수준 아닌가요.

그는 그녀를 위해 자주 피아노를 쳐주었어요. 그녀는 특히 차이코프스키의 사계 중 〈6월-뱃노래〉를 좋아했죠. 그가 그 곡을 연주할 때면, 그녀는 뒤에서 그의 목을 껴안고 가만히 경청했어요. 그는 다정히 웃으며 그녀의 볼에 입맞춰주었고요. 세상에 오직 둘만 존재하는 듯 아름다운 광경이었어요. 엄밀히 말하자면 나까지 셋이었지만.

둘 사이가 삐걱대기 시작한 건, 역설적으로 그가 그녀와 영원히 함께하기를 꿈꾸면서부터였던 것 같아요. 언젠가부터 그는 그녀와 대화할 때 미래 시제로 말하기 시작했어요. 뮌헨 근교쯤에 예쁜 전원주택을 마련해서 같이 살까? 아이도 꼭 두 명은 낳았으면 좋겠어. 난 외동이라 언제나 외로웠거든. 큰 개도 한 마리 키우자. 우리가 집을 비울 땐 관리인이 돌봐주면 돼. 그럴 때마다 그녀는 애매하게 웃으며 반문했어요. 꼭 그래야만 해? 난 지금 이대로도 완벽하다고 생각하는데. 우리가 서로 사랑하고 있다는 사실 외에 뭔가가 더 필요할까?

언젠가부터 둘이 다투는 날이 늘어났고, 나는 그 사이에서 초조한 마음으로 눈만 굴리고 있었죠. 두 사람이 아주 크게 싸운 밤, 그가 떨리는 목소리로 물었어요.

나는 그냥 너에게 정착하고 싶었어. 너라는 사람에게 뿌리내리고 싶었다고. 그게 그렇게 큰 욕심이야? 넌 나를 사랑하지 않는 거야?

널 사랑하지만, 그게 유부녀가 되어서 아이를 낳아 기르겠다는 뜻은 아니야. 나는 자유롭고 싶고, 열심히 일하고 싶고, 이대로 살고 싶어.

그가 충혈된 눈빛으로 그녀를 바라보았어요.

난 너도 당연히…… 나와 같은 꿈을 꿀 거라고 생각했는데.

꿈? 너는 피아노를 치고 나는 팬케이크를 굽고 아이들은 마당에서 뛰어노는 너만의 꿈에 나를 끼워 넣진 마. 동의한 적 없어.

그날 새벽, 그녀는 모든 물건을 챙겨 그의 집에서 떠났어요. 탈탈탈, 그녀의 캐리어 바퀴 소리가 고요한 동네에 울려 퍼졌고, 그는 이불을 머리끝까지 뒤집어쓴 채 해가 뜨고서도 밖으로 나오지 않았죠.

그 이후의 시간들은…… 정말이지 그의 처녀귀신이 된 이후로 가장 힘든 나날이었던 것 같아요. 그는 어떤 날은 식사도 화장실도 잊은 채 연습실에서 몇 시간 내리 피아노를 두들겼고, 어떤 날은 하루 종일 침대에 누워 손가락 하나 까딱하지 않았어요. 와인을 아주 많이 마셨고, 미친듯이 친구들을 집에 불러모으거나, 반대로 세상과 연락을 두절한 채 몇 날 며칠을 집에만 틀어박히기도 했죠. '차라리 내가 대신 아파줬으면 좋겠다'는 게 무슨 말인지 절절히 실감하는 시간들이었어요.

시간이 꽤 흐른 뒤에야 모든 것이 조금씩 제자리로 돌아왔어요. 화재로 잿더미가 된 숲에 싹이 하나씩 돋아나듯이. 그 숲의 푸름을 기억하는 나는, 그가 또다시 좋은 사람을 만나 행복해지길 바랐어요. 그러나 아쉽게도 이후로 그의 인생에 등장했던 이들은 그저 잠깐 그의 곁에 머물렀다 떠나갔죠. 아니, 그가 곁을 주지 않았다는 표현이 정확할지도 몰라요.

그날 이후 그는 공식적인 자리에서 한 번도 〈뱃노래〉를 선보이지 않았어요. 다만 손에 꼽을 정도로 드물게, 어느 새벽 혹은 깊은 밤에, 불현듯 피아노 앞에 홀로 앉아 연주한 적은 있었죠. 낮고 느려서 어쩐지 흐느낌처럼 느껴지는 연주였어요. 그건 그가 그녀를 사무치게 그리워하는 순간이라는 것을, 한 명의 사람과 한 명의 귀신, 오직 우리 둘만 알고 있었지요.

*

예술의 잔인한 점은 예술가의 외로움을 먹고 자란다는 것 아닐까요. 시간이 지날수록 그의 음악은 점점 원숙해졌어요. 콩쿠르에서 입상하려고, 부와 명성을 얻으려고 피아노를 치던 청년기를 지나 '좋은 음악'이라는 내면의 목표로 돌입한 것 같았죠. 모든 것이 변하는 세상에서 유일하게 변치 않는 것, 자신의 곁에 남아 있어줄 것이 음악이라 생각했는지도 모르겠네요. 안 늙어봐서 잘은 모르겠지만 보통은 사람이 나이가 들면 유해진 다던데 그는 반대였어요. 완벽한 연주에 도움이 안 되는 모든 것들에 나날이 매정해지고 단호해졌죠.

그의 옷장에는 어느 명품 브랜드의 블랙 셔츠가 서른 벌 정도 구비되어 있었어요. 똑같은 제품으로요. 그 셔츠를 입지 않으면 무대를 망쳐버리는 징크스가 있었거든요. 한번은 그런 일도 있었어요. 아마 전국 투어 리사이틀 기간이었을 텐데, 무대에 오르기 세 시간 전에 입고 있던 셔츠의 손목 단추가 똑 떨어진 거예요. 그는 그것을 불길한 신호로 감지한 것 같았죠(초자연적 현상 전문가인 처녀귀신으로서 단호히 말하자면, 그런 건 정말 별일 아니에요). 그는 바느질로 새 단추를 달거나 다른 셔츠를 입는 대신, 매니저를 시켜 똑같은 셔츠를 구해 오게 했어요. 백화점도 면세점도 없는 소도시에서 명품 매장을 찾기란 불가능했고, 매니저가 미친듯이 차를 달려 근교 도시에서 비슷한 셔츠를 구해 오긴 했지만…… 결국 그날의 공연은 (적어도 그가 느끼기에는) 최악의 연주로 끝났어요. 이후로 그의 공연에는 반드시 같은 셔츠가 열 벌씩 준비되어 있어야 했죠.

그거 말고도 뭐, 이것저것 많았어요. 무대에선 꼭 독일산 스타인웨이 피아노를 고집했고, 다른 브랜드의 피아노로는 아예 연주를 거부한 적도 있었어요. 어쩌다 연식이 십 년 넘은 피아노를 쳐야 할 때면 '이건 마치 출시한 지 십 년 된 고물 레이싱 카로 레이스를 하라는 것과 같다'며 분개했고요. 약간 서늘한 온도를 선호하는 그를 위해 겨울에도 공연장은 쌀쌀하게 유지되어야 했는데, 클래식 팬들로부터 '민계우의 공연장은 이상하게 항상 춥다'는 평이 돌았고, 이것 때문에 주최 측과 소속사가 꽤 자주 논쟁한 걸로 알아요.

너무하다고요? 나는 그 모든 것을 이해했어요. 예술가로서의 그를 존경했으니까요. 두 시간 남짓의 무대를 위해 그가 감당해야 하는 심연 같은 시간들, 그것을 옆에서 지켜본 이라면 누구라도 그랬을 거예요. 그러나 사람들은 나와 같지 않았어요. 그의 완벽주의를 까탈 혹은 건방으로 느끼는 것 같았죠. 외로움을 잊기 위해 음악에 파고들수록 더 외로워지는 아이러니, 그것이 그를 꽤 지치게 했을 거예요.

*

그가 어느 광역시의 예술대 교수직을 수락한 건 그런 이유였던 것 같아요. 타이밍이 좋았다고 볼 수 있죠. 그쪽이 피아노 앞에서 덜 고독하고 고통받는 길이라고 믿었던 게 아닐까요. 세상의 거의 모든 것을 가진 그가 이루지 못한 단 한 가지, 정착을 가져다주리라 기대했을지도 모르죠.

이십여 년 만에 찾은 캠퍼스는 신선했어요. 스무 명 남짓 되는 피아노 전공 학생들은 앳되고, 싱그럽고, 미완의 아름다움을 띄고 있었죠. 나는 그들 사이에서 도둑 강의를 듣거나, 지루해질 때면 다른 과 수업을 구경 다니기도 했어요. 무용과와 연극과가 특히 훔쳐볼 만했던 것 같네요. 예술대 건물에는 나 같은 귀신이 아주 많았는데, 주로 생전에 못다 즐긴 대학 생활을 지속하려는 내 또래의 청춘들이었어요. 어쩌다 눈이 마주칠 때면 우린 서로 씨익 웃어주곤 했답니다. 연습실 마룻바닥에서 언제나 다리를 180도로 찢고 있던 무용과 귀신과, 잠자리 안경이 반쯤 흘러내린 것도 모르고 술 취한 채 벤치에 앉아 졸던 청년 귀신은 지금도 그 자리에 있을지 궁금하군요.

그는 열정적인 스승이었어요. 그러나 다정한 스승은 아니었죠. 완벽을 향한 강박이 자신에게서 타인으로 옮겨갔을 뿐, 그는 여전히 피아노 앞에서 웃는 날보다 찡그리는 날이 많았어요. 그리고 냉정히 말하자면…… 근본적으로 그는 학생들을 이해하지 못했던 것 같아요. 한평생 우등생으로 산 사람이 '공부가 어렵다'는 문장 자체를 이해하지 못하는 느낌이랄까. 재능과 노력이라는 두 개의 바퀴로 피아니스트의 길을 쾌속 질주해온 그의 눈에, 어린 학생들의 주행은 사뭇 느리고 답답하게만 보였던 모양이에요.

연습 안 했네. 했다고? 죽을 만큼 했어? 그랬으면 이럴 수가 없는데. 거기 다시. 집중. 정신 차리고. 쉼표가 있으면 쉬어야지, 작곡가가 여기 쉼표를 왜 그려놨겠니. 생각을 하면서 치자. 윗소리 더 내고. 또 급해진다 급해져. 같은 말 반복하게 하지 말아줄래? 하하, 웃기다. 그만. 잠깐…… 잠깐 쉬었다 하자.

실기 레슨 시간에 그가 자주 하는 말이었어요. 레슨이 끝나면 그는 연구실 의자에 축 늘어져 숨을 고르곤 했죠. 전업 연주자일 때 만성 편두통에 시달리던 그가, 대학에 와서도 삼키는 진통제 수가 줄지 않은 사실은 나를 걱정스럽게 했어요.

게다가 그건 그의 첫 사회생활이었어요. 평생 고고한 한 마리 학처럼 살던 사람이 무리 속 백조가 되는 일. 학과 행사, 동료 교수들과의 회식, 학생 면담, 강의 평가, 연구 자료 제출. 모두 그와는 어울리지 않는 것들이었고 그를 성가시게 하는 것들이었죠.

결국 그는 사 년 만에 학교를 떠났어요. 아쉬워하는 대학 측과, 그를 존경하되 사랑하지는 않는 학생들의 배웅을 받으면서요. '민계우 교수'에서 '연주자 민계우'로 돌아가던 날, 홀가분한 표정으로 캠퍼스를 빠져나가는 그의 등에 업혀 나 역시 기쁜 마음이었어요. 바라는 것은 딱 하나, 오직 그의 행복이었으니까.

*

그의 공연장에 예전만큼 관객이 들지 않게 된 데에는 여러 원인이 있었을 거라 생각해요. 그가 교직에 몸담았던 것을 잠정적 은퇴로 여겨버린 것일까요? 젊고 유망한 아티스트들이 하나둘 등장하며 스포트라이트를 나눠 가졌기 때문일까요? 이유야 뭐가 됐든, 나는 자주 생각했어요. 살아 숨 쉬는 인간들이 말하는 사랑이란 얼마나 연약하고 미숙하며 찰나에 가까운 것인가. 영원할 것처럼 열렬히 사랑을 고백하던 수많은 팬들이, 백사장의 모래가 파도에 유실되듯 시나브로 사라지고 있었습니다. 그 모습을 그와 나는 긴 시간에 걸쳐 묵묵히 바라보았어요.

그에게 허락된 연주 환경도 조금씩 변해갔어요. 무대는 좁아지고, 객석 의자는 딱딱해지고, 피아노는 낡거나 작아졌죠. 그는 모든 변화에 아주 천천히 초연해지고 있었어요. 어찌할 수 없다는 것, 결국 받아들일 수밖에 없다는 사실을 깨달았기 때문이 아닐까요. 어느새 그의 옆머리에 돋아난 흰 머리카락처럼, 악보를 읽기엔 살짝 흐릿해진 시야처럼.

그의 처녀귀신이기를 그만두고 싶었던 적은 없었느냐고요? 글쎄요, 상상하기 쉽지 않네요. 이미 육신과 이름을 잃어버린 내가 그를 향한 사랑까지 놓아버렸다면…… 내게는 대체 무엇이 남았을까요. 나의 사랑은 마치 미로 속을 걷는 것과 같았으니까요. 길을 잃듯 갑자기 들어섰고, 무작정 걷다보니 어디가 시작이고 끝인지조차 알 수 없는, 이제는 돌이킬 수도 돌아갈 곳도 없어진 사랑.

*

지난가을 오스트리아에 다녀왔어요. 그가 소년기를 보낸 곳, 공연 스케줄이 아닌 여행으로 방문하기는 처음이었죠. 가벼운 차림에 배낭 하나를 메고 정처 없이 걷는 그는 간만에 편안해 보였어요. 우린 길거리 음악가들의 연주를 감상하거나, 풀밭에 누워 베일 듯 새파란 빈의 하늘을 올려다보며 시간을 보냈답니다. 그의 주름진 옆모습에서 어리고 자신만만하던 과거의 얼굴이 겹쳐 보일 때마다 나는 그것을 애틋하게 쓰다듬곤 했어요.

잘츠부르크의 어느 성당에 들렀었어요. 관광 명소와는 거리가 먼 조그만 성당이었는데, 유럽의 많은 성당이 그렇듯 한구석에 약간의 돈을 내면 촛불을 밝힐 수 있는 제단이 마련되어 있었죠. 그런 걸 챙기는 성격은 아니었던 것 같은데, 그날따라 웬일인지 주머니를 뒤적여 동전을 찾더라고요. 그가 작은 초 하나에 주황색 불꽃을 옮겨 붙이더니 조심스레 내려놓고선 눈을 감았습니다. '무슨 소원을 비는 걸까.' 가늠이 되지 않았어요. 놀랍지 않나요? 그의 처녀귀신으로 수십 년의 세월을 보낸 내가, 아직도 그에 대해 모르는 것이 있다니.

그때 동네 주민인 듯한 백발의 노파가 우리 옆에 다가왔습니다. 느릿느릿한 걸음을 깡마른 손에 쥔 지팡이로 지탱하고 있었죠. 노파는 익숙한 몸짓으로 제단에 촛불을 올리고는 그에게 눈짓으로 인사를 건넸어요. 그러더니 갑자기 노파의 시선이 정확히 나를 향하는 게 아니겠어요? 종종 인간들과 눈이 마주치는 기분이 들 때가 있지만 대부분 착각이라서, 난 그냥 그 눈을 피하지 않았어요. 잠깐 내 눈을 응시하던 노파는 곧 고개를 돌리더니, 그를 향해 인자한 미소를 지으며 말했어요.

"신의 가호가 함께하기를. 당신, 그리고 언제나 당신과 함께하는 '작은 성모the Virgin'에게도."

아리송한 덕담을 남긴 채 멀어져가는 노파의 뒷모습을 그는 멍하니 바라보았어요. 아마 그는 죽을 때까지 그 의미를 이해할 수 없겠죠.

*

해질녘, 광장 한복판에 업라이트 피아노 한 대가 놓여 있었어요. 행인 누구나 연주할 수 있도록 설치해둔 작고 낡은 피아노. 붉은 머리의 아주머니와 십 대 남학생들이 가볍게 건반을 뚱땅거리고는 지나갔어요.

그는 그쪽을 힐끔 쳐다본 후 그대로 지나치는가 싶더니, 어쩔 수 없다는 듯 다시 발걸음을 돌렸어요. 약간의 장난기와 옅은 미소가 입가에 묻어 있었죠. 휴가 중엔 피아노를 좀 잊어도 될 텐데…… 주섬주섬 건반 앞에 앉는 그를 보며 가벼운 한숨을 쉬었답니다. 내 눈엔 여전히 귀엽고도 안쓰러운 반백의 예술가는, 손수건을 꺼내 피아노 건반을 천천히 닦았어요. 연주 전에 꼭 잊지 않는 그만의 의식이에요. 수천 명의 관객 앞에서건 한 명의 귀신 앞에서건 예외 없는 동작. 수만 번을 보았어도 여전히 가장 떨리는 몇 초의 정적.

나는 연주를 듣기 위해 약간 떨어진 맨바닥에 쪼그려 앉았어요.

그가 잠깐 숨을 고르더니 연주를 시작했습니다. 광장의 소음 위에 빛이 번지듯 우아하게 시작되는 도입부는 다름 아닌…… 드뷔시의 〈달빛〉이었어요.

연주를 듣는 나의 표정이 어땠는지 나조차 궁금하네요. 아마 울고 있지 않았을까요? 처음 그를 발견한 새벽녘 거실에서처럼, 죽어서도 그를 사랑하겠다고 다짐한 복도에서처럼.

나의 피아니스트, 단 하나의 사랑, 민계우가 연주하는 드뷔시. 내 오래전 간청에 대한 아주 뒤늦은 화답이 해질녘의 공기를 타고 떠다녔어요. 행인 몇이 발걸음을 멈추고 나와 함께 귀를 기울였죠.

짝짝짝. 연주가 멎자 행인들 사이에서 약간의 박수가 흘러나왔고, 인사하는 그에게 누군가 외쳤어요.

"모호하지만 아름답네요."

그가 빙그레 웃으며 나지막이 말했어요.

"마치 인생처럼요. 나 역시 너무 늦게 알았지만."

*

내가 들려줄 이야기는 여기까지예요. 혹시라도 꽉 찬 해피엔드를 기대했다면 미안해요. 내가 더는 여한이 없다며 홀가분한 얼굴로 승천하게 되었다거나, 그가 "오랫동안 곁을 지켜준 나의 수호천사에게 이 곡을 바칩니다" 같은 멘트로 연주를 마무리했다거나 하는 결말 말이죠. 그러나 지금도 내 사랑은 현재진행형이라서요. 결말이 해피엔드일지 새드엔드일지 나조차 궁금하네요.

요즘은 그가 내 존재를 알게 되는 순간을 자주 상상하곤 해요. 그건 그의 생이 다한 후일까요, 그 이전일까요? 수십 년째 스물세 살의 얼굴로 자신의 곁을 맴돌아 온 팬을 대면한다면 과연 그는 어떤 표정을 지을까요? 고마워할까요, 무서워할까요? 그에게 나는 반려자일까요, 스토커일까요?

상상의 끝은 언제나 결말을 내지 못하고, 나는 그저 겸허히 되뇔 뿐이랍니다. 그의 일생에서 어느 한순간 어렴풋하게나마 나의 존재를 감지한 적이 있다면 그걸로 만족한다고요. 혼자일 때 묘하게 누군가 자신을 지켜보는 듯 따뜻한 시선을 느낀 적 있다면, 지극히 고독한 어느 순간에 위로받는 듯한 토닥임을 느낀 적 있다면. 어느 밤 누군가 부드럽게 흔들어 깨운 듯한 기분에 악몽에서 깨어난 적 있다면. 이상하게 착착 맞아떨어지는 교통 신호에 콧노래를 불러본 적 있다면. 집 안에서 우연히 어릴 적 보물을 찾은 적 있다면. 간발의 차로 날아드는 돌멩이를 피한 적 있다면. 그럴 때마다 정체 모를 행운의 요정에게 감사한 적 있다면…… 그렇다면 내 긴 짝사랑도 아주 보람 없는 건 아닐 거라고요. (아참, 혹시라도 당신 또한 살면서 그러한 기분을 느낀 적 있다면 주변을 잘 살펴봐요. 또 모르잖아요. 당신 역시 그 사랑의 수혜자일지.)

그저 내가 할 일은, 이 미로의 끝에 닿을 때까지 하루하루 성실히 그를 사랑하는 것.

길고 긴 이야길 들어줘서 고마워요.

자, 이제 당신에게 다시 물을게요.

누군가를 사랑하고 있나요?

그 사랑이 영원할 거라 믿어요?

그 사람의 모든 것을 알고 있다고 확신하나요?

스위처블
러브 스토리

그 끔찍한 기적이 일어난 원인을 뭐라고 설명할 수 있을까.

개기일식도, 별똥별의 집단 낙하도 없었다. 둘 중 한 사람이 번개를 맞지도, 덤프트럭에 치이지도, 수상한 노인이 건네준 물약을 마시지도 않았다. 남자와 여자의 몸이 뒤바뀌기 전날은 그야말로 평범한 날들 중 하루였다. 일기장에 쓰기조차 애매한.

다만 한 가지 짚이는 부분이 있다면, 그 전날 남자는 친구와의 술자리에서, 여자는 아는 언니와의 통화에서 '나는 걔가 아직도 이해가 안 돼'라는 문장을 내뱉었다는 것이고, 주문과도 같은 그 문장이 서로의 입에서 흘러나온 순간은 그들이 헤어진 지 222일째 되는 날이었다는 것 정도일 테다. 물론 당사자들은 의식조차 못 했겠지만.

상황을 먼저 파악한 것은 여자다.

어스름한 새벽녘, 비몽사몽 화장실로 향한 여자는 거울 속에서 옛 연인의 모습을 발견한다. 잠이 덜 깼나 싶어 자기 뺨을 두어 번 툭툭 쳐보지만, 까치집을 하고 수염이 덥수룩하게 오른 거울 속 얼굴은 시간이 지나도 원래대로 돌아오지 않는다. 여자는 과자 부스러기라도 흘린 듯한 몸짓으로 흠칫 아래를 내려다본다. 그리고,

"으아아아악!"

굵고 힘찬 비명. 여자의 목소리가 아니다. 여자는 자기 입에서 터져 나온 소리에 놀라 화장실 바닥에 주저앉는다. 트렁크 팬티 아래 타일의 차가움을 느끼며, 최대한 상황을 객관적으로 이해하고자 애쓴다. 만일 이것이 꿈이 아니라면(꿈이어야 하겠지만), 나는 지금 7개월여 전에 헤어진 구남친의 몸이 된 건가.

한동안 주저앉아 있던 여자가 비틀비틀 일어난다. 새벽 여섯시 반. 구남친의 핸드폰을 집어 들어 자기 전화번호를 검색하는데 저장된 정보가 없다. 이 새끼가 내 번호를 지웠네.

"……엽세요."

잠이 덕지덕지 묻은 목소리. 여자는 전화기 너머로 듣는 자신의 음성에 기분이 묘해진다.

"정민아."

"누구세요."

"변정민, 잠 좀 깨봐."

"누구신데요."

"지금 뭔가 이상하다는 생각 안 들어?"

남자가 예?와 에?의 중간 발음으로 되묻는다.

"지금 듣고 있는 이거, 니 목소린데."

아침부터 뭔 헛소리야, 하는 혼잣말과 함께 전화가 툭 끊긴다. 여자의 가슴이 큰 한숨으로 부풀었다 가라앉는다. 그리고 정확히 일 분 삼십 초 후에 요란하게 울리는 휴대폰.

"야, 이거 뭔데?!"

내 목소리는 고음일 때 꽤나 듣기 싫구나. 여자가 반성한다.

"기주야, 우리 잠깐 눈 붙였다 다시 일어나볼까? 그러면 꿈에서 깰 수도 있잖아."

"그렇게 간단한 문제가 아닌 것 같은데."

"아니 이게 지금……"

전화기 너머로 전 연인들이 침묵한다.

*

재회하는 상상을 안 해본 건 아니었다. 이런 식으로 아침 일곱시 반에, 24시 패스트푸드점에서, 몸이 뒤바뀐 채, 하얗게 질린 표정으로 독대하는 데까지는 상상력이 미치지 못했을 뿐.

"이게 뭔 일이냐."

단발머리에 모자를 푹 눌러쓴, 기주의 모습을 한 정민이 말한다.

"너 뭐 또 잘못 주워먹은 건 아니지? 술 퍼마시러 다니다가."

후드를 뒤집어쓴, 정민의 모습을 한 기주가 말한다.

"여전히 말 참 예쁘게 하시네요."

정민의 모습을 한 기주가 제로콜라를 한 모금 거칠게 빨아 마신다. 따닥, 잔 속 얼음이 정신 차리라는 듯 경쾌한 소리를 내며 무너진다.

"일이 왜 이렇게 됐는지는 모르겠지만…… 일단은 다시 돌아갈 때까지 각자 자리를 잘 지키자. 기억하지? 나 올해 승진 차수인 거."

"뭐, 너 대신 출근이라도 하라고?"

"그럼 어떡해? 어차피 너도 가게 열어야 하잖아. 내가 가줄 테니까 너도 내 회사 가."

기주의 모습을 한 정민이 골치 아프니 일단 먹자, 하는 표정으로 맥모닝을 베어 문다.

실은, 재회하는 상상을 꽤 많이 했었다. 잘 지냈느냐고, 나는 잘 지냈다고 그럴듯하게 웃어 보이고 싶었다. 세상은 네가 없이도 잘 돌아가더라고, 나는 내 자리로 잘 돌아갔으니 걱정하지 말라고, 네가 행복했으면 좋겠다고 영화 속 남자 주인공처럼 어른스러운 목소리로 말해주고 싶었다. 그런데 지금 뒤바뀐 얼굴로 투덜거리며 맥모닝을 씹고 있다. 꿈이라 쳐도 아주 지독한 꿈이다.

*

그들은 5년 반을 만났다. 시내버스 뒷자리에 앉아 있는 기주에게 첫눈에 반한 정민이 손수건에 전화번호를 써서…… 류의 운명적인 만남 같은 건 아니었고, 시작은 평범한 소개팅이었다. 스물넷 동갑이었던 그들은 서로의 학교를 오가며, 영화관에서, 놀이공원에서, 카페에서, 코인 노래방에서, 강과 숲과 바다에서, 서로의 자취방에서, 선술집과 맥줏집에서, 바래다주는 길목과 지하철에서 부지런히 서로를 사랑했다. 셀 수 없이 많은 끼니와 음료, 꽃과 선물, 애정과 다툼의 말들이 5년 반을 채웠지만 지금 남아 있는 건 아무것도 없다. 이별이란 그런 것이다.

*

기주의 집으로 돌아온 정민은 한숨을 푹 쉬며 옷장을 뒤적거리다, 대충 무난해 보이는 반팔 블라우스와 슬랙스를 꺼낸다.

— 아홉시까지 늦지 않게 출근해. 내 회사 위치 알지?

기주의 메시지가 핸드폰 액정에서 반짝인다. 독한 것, 이런 상황에서도 지나치게 근면 성실한 점이 맘에 들지 않는다.

옷을 갈아입던 정민은 문득 속옷 차림의 자신, 아니 기주의 몸을 자세히 들여다보고 싶은 충동을 느끼지만 참기로 한다. 왠지 신사답지 못한 행동 같다는 게 첫 번째 이유고, 지각할까봐 마음이 급한 게 두 번째 이유다. 그나저나 요즘 배에 술살이 좀 붙었는데 기주가 보고 실망하면 어떡하지. 정민은 근심하며 슬랙스의 버클을 잠근다.

"김주임 오늘 어디 아파? 얼굴에 핏기가 없네."

"하하. 아닌데요."

머그잔에 커피를 타 들고 가던 중년 남성이 알은체를 한다. 기주의 책상 파티션 아래 얌전히 몸을 숨기고 앉아 있던 정민은 더욱 어깨를 웅크린다.

"가만 보니 화장을 안 했구만. 늦잠 잤어?"

"하하, 네."

"김주임은 쌩얼도 예뻐서 애인이 좋아하겠어."

멀어져가는 그의 뒷모습을 바라보며 정민이 속으로 되뇐다. 저놈이 기주가 맨날 욕하던 타코야키 부장이구나. 익다 만 반죽같이 생긴 놈이 누구한테 예쁘다 어떻다 지랄이야. 구두로 대가리를 후려버릴라.

"주임님, 어제 결제한 전표는 제가 칠까요?" "김주임, 2/4분기 감사 자료 내일까지 정리해서 주는 거 맞지?" 같은 말들이 오가는 동안 정민은 차라리 배워본 적 없는 튀르키예어가 이해하기 쉽겠다고 생각한다. 일하는 척이라도 해야 할 것 같아서 오전 내내 키보드를 두드리고 있었지만, 사실 지식 검색창에 '몸이 바뀐 것 같아요' 같은 걸 검색해본 게 다다.

"밥 먹으러 갑시다들~"

학창 시절 급식시간 종소리 같은 타코야키 목소리에 사람들이 느릿느릿 자리에서 일어난다. 이 집 추어탕이 참 맛있다며 껄껄 웃는 타코야키 앞에 수저를 놓으며, 정민은 '데이트할 때만큼은 신발 벗고 앉아서 뚝배기에 담겨 나오는 메뉴를 먹고 싶지 않다'고 호소하던 기주를 떠올린다.

탁자 아래 핸드폰을 꺼낸 정민이 기주에게 메시지를 보낸다.

— 살려줘

*

정민의 메시지를 읽은 기주가 피식 웃는다.

기주는 지금 정민의 카페 카운터 겸 바에 앉아, 정민의 몸으로 해야 할 일을 연습하는 중이다. 오전 내내 정민이 보내준 매뉴얼이며 레시피를 익혀보지만 쉽지가 않다. 벌써 아이를 등원시킨 젊은 엄마 몇이 카페에 들렀다가, '개인 사정으로 오후 한시부터 엽니다'라고 써 붙인 안내문을 보고 고개를 갸웃하며 발걸음을 돌린 터다.

"뭐가 뭔지 하나도 모르겠네."

기주가 에스프레소 머신을 노려본다. 은빛 로봇 악당을 대하듯 경계심 가득한 눈빛으로.

처음 정민이 이 카페를 열겠다고 했을 때 기주는 반대했었다. 유동인구가 많은 핫 플레이스도 아니고 중소형 아파트 단지 상가에서, 아메리카노 한 잔에 오천 원씩 하는 스페셜티 커피 전문점이 장사가 되겠냐는 게 기주의 주장이었다. 일견 합리적인 의견이었지만, 사실 누구에게도 말 못 한 이유는 따로 있었다.

기주는 정민이 계속 대형 프랜차이즈 카페의 매니저로 일하길 바랐다. 거대한 집단의 일원으로, 주기적으로 지급되는 월급을 받아 안정적인 삶을 유지하길 바랐다. 그렇게 쌓인 자산은 언젠가 두 사람의 미래를 꾸리는 데 보태지리라 믿었다. 너무도 당연해서 정민에게 직접 확인한 적조차 없는 믿음이었다.

그래서 정민이 통장 잔고를 박박 긁고 은행 대출을 싹싹 당겨 창업을 하겠다고 선언했을 때, 기주는 서운했다. 아니, 정확히 말하면 머쓱하고 뻘쭘했다. 회사를 다니며 매달 차곡차곡 납입하던 적금과 주택청약저축이, "너흰 좋은 소식 없어?" 묻는 지인들에게 "글쎄, 아직 급한 건 아니니까" 여유롭게 돌려줬던 대답이, 정민의 근미래에 자신도 포함될 거라 여겼던 당연한 믿음이.

나이가 찼으니 결혼이나 하겠다는 뻔한 마음은 아니었다. 기주는 정민을 사랑했고, 이 사회에서 사랑하는 사람과의 오랜 공생을 공인받는 유일한 방법은 결혼이었으므로 자연스레 그쪽을 떠올렸을 뿐이다. 내게는 마치 순리와도 같았던 일이 왜 정민에겐 당연하지 않은 걸까. 고민한다는 사실조차 슬퍼지는 고민이었다.

그 모든 마음이 이 카페를 꼴 보기 싫게 만들었기에, 연애할 때조차 몇 번 들른 적이 없었던 곳이었다. 그런데 이곳에서 직접 영업 준비를 하고 있다니. 이래서 사람 일은 한 치 앞도 모르는 거라고, 정민의 얼굴을 한 기주가 씁쓸하게 웃는다.

―한시에 예나 오면 걔 많이 시켜, 좀 배우고

정민의 메시지가 액정에 뜬다.

―너나 잘해

기주가 답장한 후 신경질적으로 핸드폰을 툭 내려놓는다.

*

성격 한번 더러워가지고. 기주의 메시지를 확인한 후 쯧 하고 혀를 찬 정민은, 잠깐 망설이다 연달아 메시지를 보낸다.

—오늘 회식이라는데 나 어떡함?

기주는 답이 없다.

—빠져도 되지?

—빠질 수 있음 빠져보시든가

곧바로 날아온 답장이 기주의 눈빛처럼 매섭게 반짝인다.

정민이 난감한 표정으로 관자놀이를 문지른다. 기주와 사귈 때 전해 들었던 직장인들의 회식이란 뭘까, 법카를 쥔 자를 행복하게 하고자 나머지 모든 자들이 동원되는 집단 연극이자 감정 노역의 현장이었다.

그게 왜 하필 오늘. 그걸 내가 왜. 정민이 결심한 듯 일어선다.

"저…… 오늘 몸이 안 좋아서 오늘 회식은 못 갈 것 같습니다."

"뭐? 김주임이 몸이 안 좋다고?!"

타코야키가 온 사무실 사람들이 다 듣도록 쩌렁쩌렁한 목소리로 외친다.

"그럼 더더욱 몸보신을 해야지. 메뉴도 김주임이 좋아하는 소금구인데."

타코야키보다 조금 젊어 보이는 안경잡이가 참견한

다. 기주가 소금구이를 좋아한다니, 고기 줄인 지가 언
젠데.

"그래, 기주씨. 잠깐 들렀다 가요. 아파도 밥은 먹어야
할 거 아냐."

스카프를 곱게 맨 옆자리 직원이 참견한다. 정민은
본인에게 쏠린 눈빛들에서 하나된 열망을 느낀다. 절대
로 너 혼자 평온한 저녁을 보내게 내버려두지 않겠다는.

그리고 두 시간 후, 정민은 기주의 몸으로 소금구이
를 굽고 있다.

자욱한 연기 속에 초록색 술병들이 떠다니고, 지글지
글 고기 굽는 소리와 왁자지껄한 말소리, "여기 김치 좀
더 주세요" 하는 외침들이 한데 뒤섞인다.

그 소리를 뚫고 튀어 오른 것은 타코야키의 한 줄짜
리 질문이다.

"그래서, 김주임은 왜 아직도 대답을 안 해주냐 이 말
이야."

"예? 무슨?"

"아니, 우리 부서 멋쟁이 삼총사 중에서 이상형 한 명
골라보라니까? 맨날 웃기만 하고 들은 척도 안 하네."

"멋쟁이…… 삼총사요?"

"왜 또 모른 척이야. 여기 원차장, 저기 한과장, 그리

고 나!"

'삼총사'로 지명된 남자 직원 두 명이 불콰한 얼굴로 껄껄 웃는다. '멋쟁이'와 '삼총사'라니, 참으로 유물 같은 단어들의 조합이 아닌가. 정민은 말없이 웃으며 가위로 불판 위의 고기를 자른다. 타코야키의 혀를 자를 순 없으니.

"기주씨, 그냥 대충 대답해줘버려. 회식 때마다 물어보겠다."

옆자리 스카프가 팔꿈치로 정민을 툭 치며 속삭인다.

"다들 결혼하지 않으셨어요?"

"어허, 누가 실제로 연애하재? 상상만 해보는 거지, 상.상.만."

멋쟁이 삼총사를 포함한 직원들이 와하학 웃는다. 정민은 희미한 현기증을 느끼며 소주를 한 잔 들이켠다.

"어으, 상상만으로도 싫은데요."

정민이 소주의 쓴맛에 몸서리치며 내뱉는다.

"저 눈 되게 높아요. 몸 좋고 머리숱 많은 건 기본이라서."

왁자지껄하던 테이블이 물을 끼얹은 듯 조용해진다.

"대답했으니 이제 안 물어보실 거죠? 별로 재미가 없어가지고."

좌우로 눈알을 굴리던 스카프가 황급히 잔을 들어올린다.

"한잔할까요?"

묵묵히 채워지는 술잔들을 바라보며 정민은 기주의 인사고과가 망한 것 같다는, 미안함을 동반한 예감에 휩싸인다.

밤 열한시, 기주의 몸을 한 정민이 지친 발걸음으로 거리를 걷는다.

아가씨가 위험하게스리 걸어갈 거냐는 직원들의 말참견에 화답하고 돌아선 참이다. 고기 냄새와 몇 잔 받아먹은 술냄새가 온몸 가득 희뿌옇게 배어 있다.

회식한 날이면 기주는 딱 이맘때쯤 전화를 걸었었다.

정민아. 나 집에 가는 길.

그때 기주가 부르는 정민의 이름은 유독 끝이 길었다. 그 순간의 기분이 이런 것이었겠다고, 몸에 묻은 것들을 밤공기에 씻어내려 애쓰며 정민이 생각한다.

'저 눈 되게 높아요.'

그건 사실이었다. 기주는 눈이 높았다. 다정하고, 공감능력 좋고, 술 담배 별로 안 하고, 자기관리 잘하고, 성실하고, 그렇지만 따분하진 않고, 연락 끊기는 법이 없지만 자기 일은 혼자 똑 부러지게 잘하고, 운전할 때 점잖고, 손톱과 운동화 끈이 언제나 깔끔하고, 기념일을 절대 잊지 않고, 한마디라도 서운하게 하는 법이 없는 남자친구를 기대했다. 정민이 그 바람에서 살짝 벗어날 때마다 기주는 실망하거나 교정을 시도했다. 정민은 기주에게 '바뀌어달라'는 말을 거의 한 적이 없는데 기주는 쉽게 한다는 사실이 자주 정민을 작아지게 만들었다. 정민이 답답함을 토로하면 기주는 "연인 사이에 그 정도는 바랄 수 있는 거 아니냐"고 응수했다.

말다툼은 언제나 정민의 한숨 같은 대답으로 마무리되곤 했다.

"그래, 넌 완벽해서 좋겠다."

정민은 종종 기주의 머릿속 이상형과 경쟁하는 기분이었다. 그를 이기기 위해 영원히 분투해야 한다는 생각이 들면 가슴이 답답해졌다.

정민이 편의점에 들러 담배 한 갑을 사 들고 나선다. 어두운 허공에서 담배 끝이 주홍색 불길에 물든다. 얼마 지나지 않아 정민이 격렬하게 기침하기 시작한다. 눈꼬리에 눈물이 찔끔 번질 때까지 콜록대던 정민은, 겨우 진정한 후에야 지금 자신이 니코틴에 익숙지 않은 기주의 몸이라는 사실을 떠올린다.

"담배 끊으면 안 돼? 냄새도 싫고, 너 피우러 갔을 때 혼자 기다리는 것도 싫고, 건강에도 안 좋고."

기주의 잔소리가 귓가에 재생되는 것만 같다.

정민이 어쩔 수 없다는 듯 휴지통에 담뱃갑을 던진다. 기주의 얼굴을 하고서야 비로소 기주의 잔소리를 받아들이게 되었다는 점이 그를 퍽 심란하게 한다.

쩝, 입맛을 한 번 다신 정민이 다시 밤거리를 걷기 시작한다. 누군가에게 전화를 걸고 싶지만 그것이 누구인지는 자신도 모른다.

*

밤 아홉시 정각까지 십 분 전, 설거지 중인 기주가 힐끔 시계를 본다.

—간다, 가

세 글자 메시지를 남기고 회식에 참석한 정민이 신경 쓰인다. 잘하고 있으려나. 세상에서 꼰대 같은 인간들을 제일 싫어하는 앤데, 성질대로 헛소리를 하진 않을지.

예나가 기주 옆에 다가선다.

"쌤, 저 마감 청소 다 했어요."

"오, 네네. 수고 많았어요."

"오늘 왜 계속 안 하던 존댓말을 해요?"

"내가 그랬나. 하하하."

기주가 뚝딱뚝딱 대답한다.

예나는 이 카페의 개업부터 함께한 알바생이었다. 예나가 없었다면 기주는 하루 종일 아무것도 못 하고 버벅댔겠지만, '몸이 안 좋다'는 핑계로 예나에게 거의 모든 일을 맡긴 채 눈치껏 카페 업무를 스캔할 수 있었다.

"오늘 들어온 게이샤로 드립 한 잔 내려 마시고 가도 돼요?"

"게이샤?"

그게 뭐냐고 덧붙이려던 기주가 인중을 길게 늘이며 황급히 입을 다문다.

"오, 당연히 되지."

"쌤 마실 것도 같이 내릴게요."

"오, 아냐 아냐. 지금 커피 마시면 잠 못 자."

"음? 쌤은 하루에 열 잔 마셔도 잘 잔다면서요."

"아아…… 그렇지. 나도 먹지 뭐. 하하."

기주가 어색하게 웃으며 고무장갑을 벗는다.

기주는 커피를 마시지 않았다. 소량의 카페인만 몸에 들어와도 심장이 기분 나쁘게 두근대는 체질 때문이었다. 졸업하자마자 한 시간 반 거리의 교외 카페에서 견습생으로 커피를 배울 만큼 열정적이던 정민은 그 점을 항상 아쉬워했다. 기주에게 커피란 그저 씁쓸하고 새까맣고 뜨거운 액체일 뿐이었으니까.

예나가 파나마 게이샤 원두로 내린 커피를, 정민의 몸을 한 기주가 한 모금 삼킨다. 눈을 질끈 감고서.

"우와."

기주가 툭 감탄한다.

'쓴맛'과 '뜨거운 온도' 외에도 다양하게 수사할 수 있는 느낌이 입안에 가득 퍼진다. 신 듯하면서 달고, 고소한 듯하면서 향긋한, 단연코 살면서 처음 느껴보는 커피의 맛.

"맛있어요?"

"완전."

"오, 이번에 쫌 잘 내렸나보네. 쌤 평소엔 칭찬 잘 안 해주는데."

뿌듯해하는 예나 앞에서 기주가 말없이 커피를 음미한다.

커피를 음미하며, 기주는 정민을 떠올린다. 카페의 형누나들로부터 '혀가 좋다', 그러니까 음악으로 치면 절대음감이라는 칭찬을 들었다며 뿌듯해하던 정민을. 어떤 원두는 꽃향기가, 어떤 원두는 초콜릿 맛이 난다며 신난 얼굴로 설명하던 정민을. "이거 진짜 맛있게 내린 커피야" 하며 조심스레 커피 잔을 내밀었다가 기주의 갸우뚱한 표정에 실망하던 정민을.

커피 한 잔을 다 비울 때까지 심장은 전혀 두근대지 않고, 기주의 머릿속에는 정민의 여러 모습이 커피 향처럼 퍼진다.

*

핸드폰이 울린다. 정민은 멍하니 책상에 앉아, 직장인이 회식 다음날 정시 출근하는 것은 노동법상 가혹행위로 지정해야 하는 것 아닌지 심각하게 고민하던 참이다.

—어제 회식이라고 했던 것 같은데 집엔 잘 들어갔어요?

낯선 남자의 이름 세 글자. 정민이 미간을 찌푸리며 손가락으로 액정을 쓸어 올린다. 멍하던 정신이 각성하는 것을 느끼며, 정민은 폭발적인 속독력으로 남자와의 첫 메시지부터 읽어 내린다.

정민이 파악한 바에 따르면 그들은 2주 전쯤 소개팅으로 만난 사이다. 남자와는 소개팅 후 한 번 더 만난 적이 있고, 약간의 대화 이력 속에서 기주는 차분하고 우아한 애티튜드를 고수하고 있다.

어쭈, 김기주. 정민이 한쪽 입꼬리를 올리며 피식 웃
는다.

─네

어떠한 이모티콘도 덧붙이지 않은 한 글자로 정민이
답장한다.

곧이어 날아드는 남자의 메시지.

─오늘 퇴근하고 잠깐 볼까요?

참을 수 없다는 듯, 정민이 분연히 기주에게 메시지
를 보낸다.

─니 썸남이 만나자는데 어떡할까? ㅋㅋㅋㅋ

*

셀프 바에 냅킨을 채워 넣던 기주가 핸드폰을 확인함
과 동시에 손으로 이마를 짚는다. 한참을 고민하던 기주
가 꾸역꾸역 자판을 누른다.

─알아서 해

어쩌면 기주의 솔직한 심정은 '만나지 마, 아무것도
하지 마'에 가까울지도 모르지만, 최대한 쿨하고 무심하
게 답해버렸다. 구남친에게 소개팅남에 대해 안절부절
못하는 모습을 보이고 싶진 않으니까. 사실 첫인상이 나

쁘지 않아 한 번 더 만나본 정도의 사람이라, 더 만나도 그만 안 만나도 그만이긴 했다.

*

그래서 정민이 소개팅남과 함께 카페에 등장하는 순간, 기주는 차라리 까무룩 정신을 잃어버리는 편이 낫겠다고 생각한다.

"기주씨가 좋아하는 카페예요?"

굳이 이곳까지 와야 할 이유가 있느냐는 의아함을 담아 소개팅남이 묻는다.

"여기 커피가 맛있거든요. 사장님도 친절하시고."

기주의 몸을 한 정민이 호호 웃는다.

"제가 주문할게요" 하고 발랄하게 내뱉으며 카운터로 다가선 정민에게 기주가 어금니를 꽉 깨물고 속삭인다.

"미쳤어?"

"저 사람이 커피 한잔하자길래. 나는 딴 데서 커피 사 먹기 아깝더라고."

"개또라이 아냐 진짜. 나 엿 먹이려고 작정했나봐."

"내 얼굴로 험한 말 하지 말아줄래? 여기 사장 이상하다고 오해하겠다."

겉보기엔 주문이 길어질 뿐인 모습으로 두 사람이 속닥거린다.

잠시 후, 불안한 눈빛의 기주가 커피 두 잔을 내려놓는다.

"맛있게 드세요."

"네엥."

기주의 모습을 한 정민이 하이 톤으로 대답한다. 기주는 정민의 등짝을 쟁반으로 두드려 패고 싶은 충동을 느끼며 돌아선다.

"근데 기주씨 커피 안 마신다고 하지 않았어요?"

"아아, 제가 그랬던가요. 호호."

기주가 내린 아메리카노를 새침한 표정의 정민이 호록 마신다. '생각보다 토할 만큼 맛없진 않네.'

"저에 대해서 많이 아시나보죠?"

"네?"

"아아, 다른 뜻은 없고…… 제 음료 취향도 챙겨주시고 섬세하시다 싶어서요."

"아직은 많이 알진 못하죠. 알아가고 싶은 거지."

소개팅남이 젠틀하게 웃자, 정민은 극혐의 감정으로 구겨지려는 얼굴 근육에 애써 힘을 준다.

"말 나온 김에 좀 더 알려주세요."

"뭘요?"

"기주씨에 대한 건 뭐든 좋죠."

으, 느끼한 새끼. 커피를 멀미약처럼 들이켜는 정민이다.

"음…… 저는요, 일단 똑똑해요. 아시죠?"

소개팅남이 의외라는 듯 푸핫 웃는다. 멀리서 기주가 안절부절못하며 이쪽을 예의주시하고 있다.

"남자 보는 눈도 워낙 까다로운 편이에요. 그래서 전에 사귄 남자도 참 괜찮은 사람이었죠. 아, 그쪽 앞에서 이런 말을 하면 실례가. 호호."

소개팅남의 표정이 오묘해짐을 느끼며 정민이 말을 잇는다.

"그리고 음, 저는 밥을 좀 잘 안 챙겨 먹는 것 같아요. 사람이 밥을 먹어야 하는데 허구한 날 빵이나 과자 같은 것만 주워먹고. 근데 또 희한하게 살은 안 찌더라고요."

"되게 남 일처럼 얘기하시네요."

"엄…… 자기 객관화가 잘되어 있는 편이에요."

기주에 대해 설명하는 정민은 혼란스러우면서 묘하게 즐거워 보인다.

"그리고 또 뭐가 있을까."

정민이 커피를 한 모금 더 마신 후 말을 잇는다.

"야경을 좋아해요."

기주는 야경을 좋아했다. 유명한 노래처럼 별 보러 가자 말하면 "난 머리 위의 별보다 발아래의 불빛이 더 좋더라" 말하던 기주였다. 둘이서 어느 산동네에 야경을 보러 간 적 있었다. 기주가 취준생이고 정민이 카페 견습생일 때의 일이었다. 카페 통근을 위해 정민이 장만한 중고 경차로, 꼬불꼬불 산복도로를 달려 도착했었다.

세상 모든 야경 예쁜 곳은 전부 다니자.

발아래 무수히 빛나는 불빛을 바라보며, 몸을 포갠 채 정민이 말했었다.

너랑 뉴욕 가보고 싶어.

정민의 팔 안에서 기주가 말했었다.

가자. 가면 되지. 정민이 웃었다.

그들의 약속은 이뤄지지 않았다. 정민이 본격적으로 카페 일을 시작하면서 이틀 이상 쉴 수 없는 처지가 되어서였다. 주말에 연차를 붙여 멀리 떠나고 싶었던 기주와, 그렇게 오래 가게를 비울 순 없다고 말하는 정민은 종종 투덕거렸다. 어쩔 수 없는 일인 건 나도 알지. 근데 왠지 너랑 만나면 만날수록 내가 알던 너랑 점점 멀어지는 기분이라서 그래. '서운함'으론 다 표현되지 않는 표정의 기주가 그렇게 말했었다.

"이만 갈까요?"

생각에 잠겼던 정민이 소개팅남의 목소리에 정신을 차린다.

카페를 나서려는 두 사람의 뒷모습에 기주의 시선이 달라붙는다. 정민이 문을 나서기 전 걸음을 돌려 카운터의 기주에게 다가선다.

"걱정 마. 별 얘기 안 했어."

정민이 기주에게 속삭인다.

자신의 모습을 한 채 멀어져가는 전 연인을, 그의 자리에 선 기주가 말없이 쳐다본다.

*

고무장갑을 낀 예나의 표정이 사뭇 난감하다. 몸이 바뀐 지 3일 차에 찾아온 최대 위기를 암시하듯이.

"쌤, 싱크대 배수관 막힌 것 같은데요."

기주가 그래서? 하는 표정으로 쳐다본다.

"저번처럼 쌤이 뚫어주실 거 아니에요?"

낡은 상가 점포의 단점을 그대로 품고 있던 가게에서, 정민이 다양한 형태로 고군분투하고 있다는 사실을 기주는 몰랐었다. 비용을 아끼기 위해 웬만한 일은 전부 정민 혼자 해결하고 있었다. 카페 일이라고 해봐야 예쁜 공간에 서서 유유자적 커피 내리는 게 전부인 줄 알았던 기주가 그런 사정을 알 턱이 없었다. 그 노고를 몰라준 벌로 이렇게 역류한 물을 뒤집어쓰고 있는 걸까. 참회의 물바다에서 이번엔 기주가 고군분투한다.

뜨거운 물을 붓고 배수관 관통기로 이래저래 쑤셔도 상황은 전혀 좋아지지 않는다. 어우, 유튜브 '청소의 제왕'에서 이렇게 하면 뚫린댔는데 왜 안 돼. 기주가 미간을 구긴다. 웬만해선 정민에게 연락하기 싫었지만 방법이 없다.

─싱크대가 막혔어

메시지가 읽음 표시된 후에도 정민은 답이 없다.

─야 야 답장해 야 정민 정민 정민

기주가 따발총처럼 난사한 메시지에도 정민은 묵묵부답이다. 기주는 정민(정확하게는 기주 자신의 전화번호)에게 전화를 건다. 잠깐 이어지던 신호음은 '전화를 받을 수 없어……' 하는 야속한 안내음성으로 변한다. 기주의 입이 당장 욕을 내뱉을 기세로 벌어진 찰나, 정민에게서 답장이 날아든다.

—연락하지 마

기주의 심장이 덜컹 내려앉는다.

'연락하지 마.' 그들 사이에 오간 마지막 문장이었다. 발신자는 기주였다.

헤어진 후 정민에게서 가끔 연락이 오곤 했다. '날이 춥다' '잘 지내?' 다섯 글자가 채 되지 않는 메시지 두 번과, 깊은 밤에 남긴 부재중 전화 한 건. 매달린다고도, 아예 미련이 없다고도 할 수 없는 연락들이었다. 차라리 절절한 말들로 붙잡아주었다면, 혹은 처음부터 없었던 사람처럼 시야에서 휘발되어주었다면 어떤 쪽으로든 마음이 확실해졌을 것이었다. 정민의 연락을 받을 때마다 기주의 안에서 원망의 감정이 역류하는 물처럼 울컥거렸다. 그럼에도 단호한 척 굴었던 건, 찼음에도 차인 것만 같은 패배감을 지우고 싶어서였다.

'연락하지 마.'

사실 진심이 아닐지도 모르는 말이었는데.

기주의 다섯 글자짜리 답장을 받은 이후 정민은 정말로 다시는 연락을 하지 않았다. 그 또한 정민답다고 기주는 생각했다. 시키면 곧잘 하는데, 시키는 대로만 해서 문제야. 하여튼 변정민.

핸드폰이 울린다. 정민이다.

"왜, 연락하지 말라며!"

기주가 빼액 소리를 지른다.

"회의 들어갔었어. 무슨 말인지 하나도 모르겠는데 폰까지 붙잡고 있을 수 없잖아. 타코야키가 존나 쳐다보는데."

기주의 격앙된 숨소리가 약간의 적막을 채운다.

"싱크대, 그거 넌 하지 마. 사람 불러놨어. 한 시간 뒤에 도착한대."

막막함의 바다에서 구명선을 발견한 듯, 기주는 왠지 눈물이 날 것 같다.

"옷이 다 젖었어. 팔이 너무 아파."

"좀 씻고 쉬고 와, 우리 집에서."

정민이 덧붙인다. "미안해."

"네가 미안할 건 없지."

기주가 누그러진 목소리로 대답한다.

*

"쌤, 괜찮아요?"

"어."

예나가 기주의 얼굴을 걱정스레 살핀다. 옷을 갈아입고 온 기주의 기분은 한결 산뜻해진 채다.

"진짜 괜찮아요?"

"뭐가?"

"아니 그냥, 요 며칠 다시 좀 멍해 보여서요."

기주가 말없이 부스스하게 웃는다. 학생, 다 그럴 만한 사정이 있답니다.

"좀 괜찮아졌나 했더니."

예나가 과장되게 쯧쯧 혀를 차며 고개를 흔든다.

"언제까지 이별의 아픔에 빠져 있을 거예요오오."

예나가 장난스럽게 기주의 어깨를 흔들고는 비품실로 사라진다.

뭐래. 그리고 남의 어깨는 왜 만져. 정민의 몸을 한 기주가 비품실 쪽을 슬쩍 째려본다.

"미남 싸장님, 우리 빙수 하나 더 줘요."

한 손님이 카운터로 다가선다. 조잘조잘 흥겹게 대화 중이던 중년 여성들 테이블에서다.

"네. 자리로 가져다드릴게요."

제법 익숙해진 손놀림으로 기주가 포스기를 찍는다.

"사장님, 하여튼 서운해."

"네?"

고개를 홱 들어 올린 기주를, 손님이 장난기 어린 얼굴로 흘겨보고 있다.

"예전에는 이렇게 팍팍 매상 올려주면 고맙다고 서비스도 하나씩 끼워주고 그러시더만."

오호, 이런 거였구나. 기주가 속으로 중얼거린다.

가게의 위치상 정민의 카페는 압도적으로 단골손님의 비중이 높았고, 그것에 대해 정민은 종종 하소연하곤 했다. 약간, 교생 선생님 된 기분 알아? 아마 이 아파트 주민들은 반상회 회장보다 내 얼굴을 더 많이 알고 있을걸? 우리 가게 손님들은 왜들 그렇게 말을 걸고 싶어 하는지 몰라. 난 하루 종일 조용히 주문만 받고 커피만 만들고 싶은데…… 하긴, 우리 엄마도 어디만 가면 꼭 직원한테 한마디씩 걸더라만.

"제가 그랬었나요?"

기주가 어색하게 웃으며 손님이 내민 카드를 긁는다.

"그랬었는데, 요즘은 통 단골 대접이 시원찮아. 덕분에 빨리 돈 모아 장가갈 수 있겠다며 좋아할 땐 언제고."

기주의 동그래진 눈을 본 손님이 깔깔 웃으며 손사래를 친다.

"아우, 됐어요. 서비스 달라고 안 할게."

잠시 후, 기주가 중년 여성들의 테이블에 스콘 하나를 내려놓는다.

"어머 사장님, 그냥 장난친 건데. 잘 먹을게요."

옅게 웃으며 돌아서려는 기주에게 일행이 저마다 말을 얹는다.

"그나저나 사장님, 예쁜 애인은 잘 지내고?"

"예쁜지 안 예쁜지 자기가 어떻게 알아?"

"아우, 귀 둬서 뭐 해. 사장님 입으로 예쁘댔으니 믿어야지 뭘."

"결혼하게 되면 미리 알려줘야 돼요. 신혼여행 가버리면 우리 아파트 사람들 비상이야 비상. 이 맛있는 커피를 못 먹을 거 아냐."

"그러니까. 우리가 지금까지 팔아준 커피 다 합하면 사장님 신혼집 혼수 하난 했을 텐데."

"그러네? 냉장고까진 몰라도…… 저기 뭐야, 밥솥 한 대 값은 했겠다."

물 샐 틈 없는 수다의 향연. 까르르 웃음이 터져 나오는 테이블을 뒤로하고 기주가 황급히 돌아선다.

기분이 나쁜 건지 좋은 건지 알 수가 없다. 어쩌면 둘 다인지도 모른다. 주로 무심한 표정이 기본값인 정민이,

아주머니들 사이에서 '덕분에 장가가겠네요' 따위의 말들을 뱉어내며 너스레를 떠는 모습을 상상하면 왠지 웃음이 터져 나올 것도 같다.

기주가 비죽비죽 웃으며 정민에게 메시지를 보낸다.

— 너 되게 열심히 살고 있었다?

*

지친 얼굴로 지하철 승강장에 서 있던 정민이 핸드폰을 내려다본다.

지금도 지나치게 열심히 사는 중이거든? 정민이 액정에 대고 혼잣말로 대꾸한다. 여전히 회사 일은 재미없고 타코야키는 재수가 없으며 자신은 변함 없이 김기주의 몸인데, 이제 겨우 3일 지났다는 사실이 믿기지 않는 정민이다.

— 퇴근? 몇 시까지 올 거야?

기주의 것이 아닌 메시지가 날아든다.

'아정 언니', 메시지 속 이름을 응시하던 정민이 어! 하고 놀란다.

기주가 대학 때부터 꽤 친하게 지낸 사람이었다. 동아리에서 만났댔나 알바하다 만났댔나. 너무 재밌는 사람이야, 쿨하고 솔직하고 그래. 정민이 기억하는, '아정 언니'에 대한 기주의 평이었다.

한 번 같이 술을 마신 적이 있었다. 커플끼리 노는 자리에 그 언니가 낀 건지, 언니 동생 노는 자리에 정민이 들른 건지 기억나지 않는다. 오직 기억에 남은 것은 그 자리에서 '아정 언니'가 언뜻 자신의 성적지향에 대해 언급했다는 점과 그날 정민과 기주가 다투었다는 점이었다.

"그 사람 여자 좋아해?"

"응. 왜?"

"아니…… 너희 집에도 가끔 놀러 간다며."

"그러니까 그게 왜?"

"그 사람이 너 좋아하면 어떡해."

너 그거 되게 무식한 말인 거 알지, 기주가 얼굴을 찌푸리며 내뱉은 말로 그날의 공식적인 대화는 종료되었다. 기주는 실망했고 정민은 상처받았으며 그날 이후 누구도 먼저 '아정 언니'를 입 밖에 꺼내는 사람은 없었다.

그 '아정 언니'가 보내온 메시지를 읽은 순간, 정민이 느낀 감정은 의외로 '반가움'이다.

누구도 이해할 수 없는 이유로 둘의 몸이 바뀐 지금, 세상 어딘가에 둘의 존재를 동시에 아는 사람이 있다는 건 반가운 일인 것이다. 정민이 정민으로, 기주가 기주로 살던 때를 기억하는 사람. 그게 누가 됐든지 간에.

기주가 이 사람한테 존댓말을 썼던가. 기억을 더듬으며 정민이 답을 보낸다.

—우리 만나기로 했었어요?

—뭐여, 오늘 우리 동네 온다며. 소개팅 썰 푼다고

정민이 잠깐 생각에 잠겼다가 덧붙인다.

—아 맞다 ㅋㅋㅋ 어디서 만날까요?

—날씨도 좋은데 요 앞에서 편맥이나 때리장

정민이 반대편 지하철을 탄다. '아정 언니'네 방향이다.

*

"미친, 삼프터 자리에서 그런 헛소리를 왜 해?"

왼쪽 입가에 어포 스틱을 끼운 아정이 낄낄 웃는다. 웃음소리에 맞춰 중단발이 경쾌하게 찰랑인다. 기주의 몸을 한 정민이 따라 웃으며 캔 맥주를 들이켠다. 어쨌거나 3일 만에 누군가와 나누는 대화다운 대화다.

"더 대박인 거 말해줄까요?"

"뭔데?"

"소개팅남, 정민이 가게에서 만났어요."

"엥?"

"정민이 카페 하잖아요."

"드라마 찍냐? 복수 같은 거야?"

"비슷하다 볼 수 있죠."

"너 되게 독해졌다. 변정민의 비읍 자만 들어도 울고 불고 정신 못 차릴 땐 언제고."

정민이 잠깐 흠칫했다가 말없이 맥주를 삼킨다. 초여름의 풀벌레 소리가 그 정적을 채운다.

"있잖아요."

"엉."

"정민이랑 만날 때 나는 어땠어요?"

"뭐가?"

"그냥, 막판에 우리가 좀 많이 싸웠잖아요. 끝이 안 좋기도 했고. 정민이랑 연애할 때 내 모습은 어땠나, 나는 정말 행복하긴 했었나. 옆에서 볼 땐 어땠는지 궁금해서요."

아정이 편의점 플라스틱 의자에 책상다리를 한 채 잠깐 생각에 잠긴다.

"너 좋아 보였는데."

"진짜 솔직하게."

"좋아 보였다니까."

아정이 덤덤히 맥주 캔을 딴다.

"마지막이 안 좋았다고 모든 시간을 통째로 부정할 것까지야."

"정민이가 부족한 게 많지 않았어요?"

"모르지 난."

"내가 욕 많이 했을 텐데."

"욕은 많이 했지."

아정이 씨익 웃는다. 정민도 따라 씁쓸하게 웃는다.

"근데 욕만 한 건 아니고, 그냥 정민씨 얘기를 많이 했지. '언니, 정민이가 이랬는데 너무 웃긴 거예요. 너무 고마운 거예요. 너무 어이없는 거예요'…… 그중에 '서운한 거예요'도 일정 분량 있었던 거고."

"……"

"그런 거 아니었을까? 너무 귀여운 걸 보면 깨물어주고 싶은 거."

"그게 뭔 말이에요."

"심리학에서 그러잖아. 너무 극단적인 감정을 느끼면 뇌 속에서 평형을 맞추려고 정반대의 감정을 끌어올린다고. 너무 기쁘면 눈물 나는 것처럼."

"아."

"누군가를 너무 좋아한 나머지 미워지는 마음, 그런 거 아니었을까 싶은데 난."

정민은 왠지 울 것 같은 기분이 든다.

"아저씨…… 아니, 언니 좋은 사람이었네요."

"왜 이래. 이거 먹고 취했어?"

"내가 언니의 진가를 너무 늦게 알았네."

"그 말 그대로 민희한테 좀 전해줘. 우리 요즘 너무 많이 싸워. 미치겠어, 아주."

슬쩍 시큰해지는 코끝을 느끼며 정민은 눈물 많던 기주를 떠올린다. 내가 지금 울고 싶은 이유는 눈물샘이 약한 기주의 몸을 하고 있기 때문이야, 같은 말도 안 되는 생각들과 함께, 정민이 캔 맥주를 꼴깍꼴깍 삼킨다.

*

마을버스가 꼬불꼬불 산복도로를 달려 산동네에 도착한다. 정민의 모습을 한 기주가 두리번대며 버스에서 내린다. 조금은 지친, 그래서 약간의 위안이 필요한 표정으로, 기주가 기억 속 광경을 찾아 저벅저벅 걷는다.

저 멀리 가로등 아래, 기주의 시선이 닿은 곳에 사람이 서 있다. 설마설마했지만 가까이 다가갈수록 또렷해지는 것은 기주의 모습을 한 정민이 맞다.

"여기서 뭐 하냐, 촌스럽게?"

기주가 놀란 마음을 숨기려 툴툴댄다.

"너야말로 뭐 하냐? 아직 가게 마감 시간도 안 됐는데."

정민도 지지 않는다.

"오늘 좀 빨리 닫았어."

"어쭈. 사장 맘대로다 이거지."

"나 오늘 엄청 힘들었다고. 좀 봐줘."

"그래. 수고했다."

정민이 웃는다.

나란히 선 기주와 정민이 말없이 야경을 바라본다. 발아래 흐르며 무수히 명멸하는 불빛들. 둘 사이의 거리를 제외하면 모든 것이 예전 그대로다.

"어때? 나로 살아보니까."

먼저 침묵을 깬 건 기주다.

"빡세네."

"그치?"

"이렇게 힘들게 돈 버는 줄 알았으면 좀 더 잘해줄걸 그랬다. 애가 짜증이 많아진 이유가 있었어."

정민의 말에 기주가 장난스레 눈을 가늘게 뜬다.

"너야말로 나로 살아보니 어떤데."

"빡세."

"빡세지 그럼."

"그리고…… 그때 '그깟 커피가 뭐라고, 가게가 뭐라고' 했었던 건 좀 미안하긴 해."

"뭐야. 몸 바뀌고 철들었네."

두 사람이 한 방향을 바라보며 피식피식 웃는다.

"저기."

둘의 목소리가 동시에 겹친다. 정민과 기주가 서로를 곁눈질한다.

"얘기해."

"음."

정민이 뜸을 들이며 발끝을 툭툭 찬다.

"좀 더 티 내줄 순 없었어?"

"뭘?"

"네가 내 예상보다 나를 덜 못마땅해했다는 거."

기주가 어이없다는 듯 참 나, 하고 웃는다.

"너야말로 나한테 확신을 좀 주지 그랬어."

"뭘?"

"일보다 나를 쪼끔은 더 좋아했다는 거."

옛 연인들은 한동안 말이 없다.

"지금 알게 된 것들을 예전에도 알았다면 결말도 달라졌을까?"

정민이 묻는다.

"글쎄. 적어도 죽을 둥 살 둥 싸우는 일은 덜 했겠지."

기주가 길게 눈을 끔벅인다.

"후회해?"

"모르겠어."

정민이 숨을 한 번 크게 들이마신다.

"후회라는 단어를 쓰면 진짜 돌이킬 수 없는 일 같잖아."

"돌이킬 수 없지 이제."

"이렇게 바뀐 몸으로 살자고?"

"아니, 그건 돌이켜야지."

아주 잠깐, 기주와 정민이 거울을 보듯 마주 보고 쓸쓸히 웃는다. 그러다 각자 생각에 빠지는 두 사람 사이로 초여름의 공기와 비슷한, 차갑진 않지만 눅눅한 정적이 흐른다.

*

다음날 아침, 기주와 정민은 원래의 몸으로 돌아와

있다.

눈이 마주친 두 사람이 산동네의 야경 불빛을 배경으로 키스하는 순간 마법이 풀리며…… 같은 결말은 아니었고, 각자의 집으로 돌아간 후 잠들었다 눈을 떴을 때, 천연덕스럽게도 원래대로 돌아와 있었다. 처음 몸이 바뀌었던 사흘 전 아침처럼.

영화처럼 누가 먼저랄 것도 없이 서로에게 달려가 우리 다시 시작하자고 외치는 일은 일어나지 않았다. 그저 여느 평범한 아침과 같이 각자의 일터로 돌아가며, 그동안 수고했다는 짤막한 메시지를 주고받았을 따름이다. 유독 길고 생생한 꿈을 꾼 셈 치기로 했다. 아무 일도 없었다는 듯 시치미를 떼는 것이 헤어진 연인들의 의무이니까. 둘 사이에 어떤 마법 같은 순간들이 있었을지라도. 이별이란 그런 것이다.

*

엘리베이터가 86층에서 멈춘다. 쏟아지는 한 무리의 사람들, 그 사이에 기주가 있다. Welcome to the 86th Floor Observatory, Empire State Building. 표지판에 잠깐 눈길을 준 기주가 사람들을 따라 걷는다.

"춥다."

기주의 혼잣말과 함께 하얀 입김이 피어오른다.

철제 펜스 너머로 드넓게 펼쳐진 도시의 불빛. 사진을 찍거나 찍히거나, 사랑하는 이의 어깨에 기대어 있는 사람들 사이에서 드물게 기주는 혼자다. 빨개진 귀를 털모자 아래로 숨기며, 기주는 가만히 서서 일렁이는 빛을 흠뻑 눈에 담는다.

그러면서 틈틈이 핸드폰을 내려다보는 기주는 무언가 고민하는 것 같다. 20:15였던 액정 속 시계가 20:59가 되었을 때, 기주는 마침내 결심한 듯 통화 버튼을 누른다.

영원할 것처럼 흐르던 통화 연결음이 멈추고, 익숙한 목소리가 저 너머에서 들려온다.

"여보세요?"

"정민아, 나야."

"어."

"오픈 준비 중이야?"

"그치."

"잠깐 통화 괜찮아?"

"어."

"잘 지내?"

"잘 지내지. 너는?"

"나 승진했다. 이제 대리야. 김대리."

"오, 축하해!"

"고마워."

"대단하다. 진심이야."

짧게 웃는 둘의 목소리가 잠깐 겹친다.

"그리고…… 나 뉴욕 왔다."

핸드폰 너머 정민이 침묵한다. 저마다 떠드는 사람들 사이에서 둘만의 대화를 방해받지 않으려는 듯, 기주가 핸드폰을 감싸쥔다.

"정민아."

"어."

"그때 못 한 말이 있어서 전화했어."

몇 초의 시간, 기주가 길게 눈을 감았다 뜬다. 기주의 두 뺨은 추위로 얼얼해져 감각이 없다.

"우리 서로 이해 못 해서 힘들어하고, 힘들게 한 순간이 많았잖아."

"어."

"근데 생각해보니까…… 널 완벽하게 이해하진 못했는데, 완전하게 사랑하긴 했었던 것 같아. 부정해봤자 변하지 않는 사실이라면 그냥 인정해버리는 게 속 편할 것 같더라고."

"……어."

"고마웠어. 너를 미워했던 순간까지 포함해서 전부다."

핸드폰 너머 아무런 소리도 들리지 않는다.

"듣고 있어?"

"어."

약간의 머쓱함을 담아 기주가 킁 하고 코를 훌쩍인다.

"바쁠 텐데 방해해서 미안."

"아니야."

"잘 지내. 새해 복 많이 받고."

"기주야."

"어?"

시끌시끌 떠드는 옆 사람의 목소리에 묻혀 정민의 목소리가 잘 들리지 않는다.

"잘 안 들려."

"뉴욕엔 언제까지 있냐고."

"왜?"

"내가 그리로 갈게."

기주가 킁, 조금 더 크게 코를 훌쩍인다.

"뭐래. 여기 뉴욕식 버거집 그런 거 아니고 진짜 미국

뉴욕이야."

"그러니까. 거기 나랑 같이 가기로 했잖아."

"됐어, 일이나 잘해. 너 자리 비우면 단골 어머님들이 슬퍼해."

"예나한테 며칠만 맡기지 뭐. 그때 너 잠깐 있었을 때도 예나 혼자 다 일했더만."

"웃긴다, 나도 이것저것 열심히 했거든?"

별안간 아옹다옹하던 그들의 대화는 정민의 "알겠고, 이럴 시간 없으니 일단 끊자"는 말로 마무리된다.

핸드폰을 쥐고 멍하니 서 있던 기주에게, 옆에 서 있던 여자 한 명이 말을 건다.

"한국 분이시죠? 사진 찍어드릴까요?"

"아……"

잠깐 망설이던 기주가 대답한다.

"괜찮아요. 일행이 오고 있어서요."

잘됐다는 듯 여자가 환히 웃으며 인사한다.

"Happy new year!"

기주가 따라 환히 웃는다.

소도시의 사랑

고향이 태백인 여자와 남해인 남자가 서울에서 만나 사랑을 했다.

　세상 모든 연인이 그렇듯 그들은 서로를 운명이라 믿었다. 어쩔 수 없는 일이었다. 세계에서도 흔치 않은, 대왕고래의 배 속처럼 거대한 이 도시에서 하필 서로를 만난 것만으로도 그랬다. 아침 지하철 환승 통로의 날치알 같은 뒤통수들 사이에서 하필 서로를 알아본 것만으로도 그랬다.

　여자는 배우였다. 남자는 뮤지션이었다. 연기를 하거나 음악을 만드는 일, 각자의 고향에서는 그것으로 먹고 산다는 인식조차 낯선 일들이었다. 원한다면 가족들의 바람대로 고향에서 말쑥한 직업을 가질 수 있었을지 모른다. 은행원으로 취직하거나, 공무원이 되어 군청에서 일하거나, 남자 고향 바닷가의 고급 리조트 호텔리어 자리를 노렸을지도. 밥벌이가 아닌 취미였다면, 고향에서도 연기나 음악을 할 수 있었을 거다. 여자 집의 식당 일과 남자 집의 공업사 일을 도우면서 말이다.

그러나 그들의 상상력은 그보다 더 컸으므로 어린 날에 서울로 향했다. 이 도시에 모인 수많은 젊음들이 그러하듯이. 그리고 그들은 서울에서 서로를 만났다.

그들이 서로를 알아갈 무렵, 여자는 남자가 자신의 고향을 듣고 "태백산맥 할 때 그 태백이요?"라고 묻지 않아 좋았다. 남자는 여자가 자신의 고향을 듣고 "동해, 서해, 남해 할 때 그 남해요?"라고 묻지 않아 좋았다.

대신 남자는 "거긴 시월에 첫눈이 온다면서요? 뉴스에서 봤어요"라고 말했고, 여자는 "거긴 겨울에도 따뜻하겠다. 나 수족냉증이 있거든요"라고 말했다.

그들은 서로와 서로의 대답이 퍽 맘에 들었다.

*

여자는 어릴 때부터 예쁘장한 얼굴에 미소가 맑았다.

중학교 때 담임 선생님이 던진 "넌 연예인 해야겠다 야" 하는 말이 운명처럼 다가왔다. 고등학생 때는 꽤나 열심히 연극부원으로 활동했고, 축제 때는 다른 학교 학생들도 보는 앞에서 작품을 선보였다. 누군가 꿈을 물으면 김태리나 김고은 같은 배우가 되는 것이라 답했다.

서울에 상경하고서야, 여자는 예쁘장한 얼굴에 맑은 미소를 지녔고 롤 모델이 김태리 혹은 김고은인 배우 지망생이 이 도시의 편의점 숫자만큼 많다는 것을 알게 되었다. 그래도 포기하고 싶진 않았다. 기회가 닿는 대로 영화나 드라마에 엑스트라 혹은 단역으로 출연했고, 오디션을 보러 다니면서 나머지 시간에 알바를 했다. 헤어모델 알바라도 하는 날에는 '언젠가 유명해지면 이 사진도 네티즌에게 발굴되겠지' 혼자 상상하며 웃었다. 실없지만 여자를 견디게 해주는 상상이었다.

남자는 고등학교 때부터 혼자 가사를 썼다. '또라이'라는 말이 칭찬으로 쓰이는 남학생들 사이에서 얌전한 말들을 노트에 끄적이는 그는 재미없는 아이였다. 서울에 올라와서는 싱글 앨범 몇 개를 발표했다. 어디 가서 스스로를 '싱어송라이터'라고 소개할 정도는 됐다. 원래는 인디밴드의 보컬이었는데, 함께하던 팀원들이 보험설계사로 취직하거나 아버지의 고향 일을 돕겠다며 내려가버린 후에는 통기타를 메고 혼자 활동했다.

잊을 만하면 음원 수익이 입금됐다. 배달 음식 한두 끼 정도의 돈이었다. 종종 공연을 할 수 있는 기회가 생겼다. 무대는 다양했다. 인디뮤직 페스티벌, 바, 클럽, 야시장, 지하철 문화예술무대 등등. 그렇게 받은 행사비도 삶을 꾸리기엔 턱없이 부족했다. 공연을 해서 돈을 번다기보다는, 운 좋게 음악을 선보일 기회를 잡고 덤으로 용돈을 받는 기분이었다. 그래서 남자는 자주 알바 포털의 '단기 알바' 탭에 접속했다. 지난주는 물류 상하차, 이번 주는 무대 철거, 다음주는 인형 탈. 자신이 아닌 누구여도 상관없었을 잠깐의 역할을 맡은 대가로 남자는 서울에서의 삶을 며칠씩 더 연장했다. 도시에서는 신기할 만큼 돈 나갈 일도, 돈을 벌 방법도 많았다.

영화 〈라라랜드〉가 개봉했을 때, 그들은 감독이 자신들의 이야기를 베껴 썼다며 웃었다. 물론 그들도 알고 있었다. 배우 지망생과 무명 뮤지션의 조합은, 그 꿈을 꾸는 사람들만큼이나 흔하다는 것을.

*

남자의 말끝에 은은하게 묻어 있는 사투리를 여자는

좋아했다. 높낮이가 있어 독특한 운율을 띄되 너무 넘실 거리지는 않는, 깊고 잔잔한 바다가 연상되는 말투였다. 그러나 남자는 그것이 의사와 상관없이 얼굴에 새겨진 타투와 같다고 느꼈다. 색채 없는 천만 명 중 하나로 파묻히고 싶은 날에도 남자의 말투는 자신의 출신을 끊임없이 암시했다. 다들 티는 내지 않지만, 남자가 말을 할 때면 사람들은 미묘하게 말의 내용보다 말투에 집중한다는 것을 남자는 알고 있었다. 그에 대해 남자가 불평하면 여자는 "맞나, 난 좋은데 왜" 하고 어설프게 그의 말투를 따라하며 웃었다.

반면에 여자의 말투는 매끈하고 무색무취한 '서울말'이었다. 말투만 듣고는 누구도 여자의 출신을 가늠하지 못했다. 원래 태백의 젊은 사람들은 사투리가 심하지 않지만, 여자는 어릴 때부터 할머니와 살았던지라 나름의 억양을 띄고 있었다. 그 흔적을 여자는 서울에 올라온 지 2주 만에 지워버렸다. 사람들은 자주 "어머, 서울 사람인 줄 알았어요" 감탄했고, 여자는 그때마다 머쓱함과 뿌듯함을 동시에 느꼈다. 여자는 가끔 자신의 '서울말'이 이 도시에 오래 체류하기 위한 비자 같다고 생각했다.

　서로를 연인으로 받아들인 지 얼마 되지 않아 그들은 같은 집에서 살았다. 상가 건물 2층 남자의 자취방이 그들의 주된 거처가 되었다. 여자의 대학가 원룸보다 두 뼘(두 평이 아닌 두 뼘) 정도 넓고 덜 시끄럽다는 이유에서였다. 혼자든 함께든 좁은 방이라면, 덜 외롭게 좁은 편이 나았다.

　처음부터 작정하고 집을 합친 건 아니었다. 모든 일은 빗물이 땅에 스며들듯 자연스럽게 일어났다. 편의점에서 산 여자의 칫솔을 남자의 집에 두고 오면서, 폼 클렌징을 하나 더 욕실에 사두면서, 여자가 입고 왔던 추리닝을 잠옷 삼아 벗어두면서 함께 잠드는 날이 많아졌다. 서울에 방room은 있지만 집home이 없는 두 사람이었다. 그래서 그들은 서로의 집이 되어주기로 했다.

　서울은 너무 잘게 쪼개져 있는 것 같아. 도시는 크고 집들은 너무 작고.

　둘 다 일이 없는 어느 오후, 기타를 딩딩 퉁기면서 남자가 말했다. 여자는 동의의 마음을 담아 으응, 했다.

함께 보낸 첫 겨울이었다.

"나가자!"

늦은 밤, 조그만 창 너머로 첫눈이 쏟아지는 것을 발견한 남자가 외쳤다. 여자는 남자를 수상한 사람 대하듯 올려다보았다. 여자가 자란 태백은 4월까지도 눈이 오는 곳이었다. 살짝 과장하면 일 년에 절반은 눈을 볼 수 있었다. 남자가 자란 곳은 몇 년에 한 번 눈이 오는 남해였다. 내리던 중 허공에서 녹아 사라지는 진눈깨비만으로도 기뻐하는 것이 남쪽 사람들이었다.

어두운 골목, 가로등 불빛에 노랗게 물든 함박눈이 포슬포슬 떨어지고 있었다. 여자는 아이처럼 출랑대는 남자의 사진을 핸드폰으로 몇 장 찍어주었다. 짱구 수면 바지에 롱 패딩을 입고 팔을 파닥거리는 남자의 모습이 사진에 담겼다. 여자는 쿡쿡 웃다가 이내 부르르 떨며 집 안으로 도망쳤다.

남자는 아쉽다는 듯 따라 들어와, 전기장판에 폭 숨은 여자 옆에 누웠다.

"너는 추운 데서 태어난 애가 왜 이렇게 추위를 많이 타냐?"

남자가 빨개진 여자의 손을 감싸쥐며 말했다.

"너는 따뜻한 데서 태어나서 따뜻한 거야?"

여자가 웃으며 대답했다.

*

현재 연인과는 지난 연애에 대해 이야기하지 않는 것
이 불문율이라지만, 그들은 종종 옛 연인의 재수 없음에
대해 썰을 풀곤 했다. 현재에 안도하며 유대감을 쌓는
둘만의 게임 같은 거였다. 과거에 그들이 했던 거의 모
든 연애가 서울에서 이루어졌으므로, 사실상 그들이 말
하는 '옛 연인의 재수 없음'이란 '한때 서울에서 가장 가
까웠던 사람의 재수 없음'이기도 했다.

그중에서도 둘을 가장 흥분케 한 사연은 "너희 고향
에도 스타벅스 있어? 맥도날드 있어?" 묻던 전 연인의
이야기였다. 그들은 한껏 분개했다. 기껏 프랜차이즈 입
점 여부로 한 도시의 가치를 평가하는 사고의 편협함에
분개했고, 정말로 남해와 태백에 스타벅스와 맥도날드
가 없음에 또 한 번 분개했다(롯데리아는 있다).

그러면서도 그들은 종종 각자의 고향이 더 번화하고
아름답다는 사실을 겨루기 좋아했다. 여자가 "남해는 '남
해군'이고 태백은 '태백시'잖아"라고 말하면, 남자는 핸드

폰을 두드리며 "남해 인구가 4만 명이 넘는데 태백 인구는 4만 명이 안 되네" 했다. 여자가 "바람의 언덕이 진짜 예쁘지"라고 말하면, 남자는 "네가 다랭이 마을에 가봐야 하는데" 응수했다. 남들이 보면 왜 저렇게까지 진지한 거냐고 의아해할 만큼 그들은 열을 내며 토론했다.

대도시 출신의 연인을 만날 때는 하지 못했던 유희의 말들이 두 사람을 오갔다. 둘은 그 시간을 사랑했다.

*

당연한 말이지만 하루 중 그들이 스스로를 남해 남자, 태백 여자로 의식하는 순간은 얼마 되지 않았다. 그저 이 도시의 일부로 살아가는 순간이 훨씬 많았다. 서울이란 도시는 너무나 크고 바빠서 그들 한두 명쯤의 사연에 관심이 없었다. 유기체가 자신을 구성하는 세포의 사연을 궁금해하지 않듯이.

그들은 서울이 싫은 듯 좋았다. 미워만 하기에는 사랑할 구석이 너무 많은 도시였다. 하늘에 별이 뜨지 않는 서울, 해질녘 한강을 따라 느릿느릿 기어가는 불빛들이 좋았다. 바쁘게 살아가는 사람들에게서 느껴지는 나와 다르지 않은 고단함이 좋았다. 인스타에 등장하는 맛집이며 핫 플레이스가 딴 세상 이야기가 아니라는 것이, 끝없이 스크롤을 내려도 끝나지 않는 배달 앱의 가게 목록이 좋았다. 새까만 어둠이 두텁게 내려앉는 고향의 밤과 달리 완전히 어둡지 않은 서울의 밤이 좋았다.

서울이란 도시는 그랬다. 애틋하고도 지긋지긋하고, 빛나면서도 구질구질했다. 그들은 그 이율배반을 사랑했다.

*

남자의 어머니가 서울에 올라온 적이 있었다. 남자와 여자는 이미 집을 완전히 하나로 합친 뒤였다. 먼 데서 혼자 사는 아들의 모습이 궁금하다는 어머니의 방문 앞에 매정해질 수 있는 사람은 별로 없었다. 여자의 옷가지들을 천으로 덮고, 여자의 물건들을 박스 안에 때려 넣으며 그들은 난감한 미소를 주고받았다.

나 자신보다 더 나 같은 사람, 월세를 나눠 내고 매 끼니를 나누는 사람, 서로의 가장 연약한 살을 맞대며 잠드는 사이라도 때로는 세상에 없는 것처럼 굴어야 한다는 사실이 그들의 기분을 묘하게 했다. 여자는, 여자가 숨기고 나온 짐처럼 서러워졌다.

여자가 모델하우스 알바를 하며 친해진 언니의 집에서 하룻밤 신세를 지는 동안, 두 사람의 집 냉장고에는 다섯 시간 동안 고속도로를 달려온 국이며 반찬이 차곡차곡 쌓였다. "택배로 보내지, 만다고 바리바리 싸들고 왔노. 무겁구로" 남자의 볼멘소리에 어머니는 "택배로 보내면 잘 쉰다드라. 이것도 다 돈이다. 잘 챙겨 무라" 흐뭇하게 대답했다.

남자의 어머니가 내려가고 여자가 다시 집에 돌아왔을 때, 그들은 미처 숨기지 못한 여자의 집게 핀이 창틀에 놓여 있었다는 것을 알게 됐다. 어머니가 그것을 못 보았는지, 보고도 못 본 척한 것인지는 알 수 없었다.

*

일 년 중 그들이 유일하게 떨어져 지내는 시간은 명절 때였다. 소도시일수록 명절은 힘이 세다. '홀랑 서울 가서 뭐 해 먹고사는지도 모르겠는' 아들딸이 명절에마저 얼굴을 보이지 않는 것을 어른들은 용납하지 못했다. 반년 치 미안함을 갚는 기분으로, 두 사람은 추석이나 설날이면 각자의 고향으로 향했다.

그들의 고향은 비행기나 KTX로는 닿을 수 없었다. 여자는 무궁화호를, 남자는 고속버스를 탔다. 귀향길에는 유독 시간이 천천히 흘렀다. 졸다가 멍 때리다가 아까 들은 음악을 또 듣다가 그 모든 것이 지겨워져 몸을 비틀 때쯤 고향에 도착했다. 익숙한 듯 이제는 낯설어진, 보고 있으면 어딘가 모르게 서글퍼지는 풍경이 그들 앞에 펼쳐졌다.

'서울 사람들', 그러니까 서울에서 나고 자란 사람들에게서 신기하게 생각되는 점을 꼽자면, 그들에게는 액자처럼 각인된 고향의 풍경이랄 게 없다는 거였다. 시선 돌리는 곳마다 눈높이에 산릉선이 자리 잡은 태백의 곡선이나, 강물처럼 잔잔한 남해 바다 옆에 다닥다닥 고개를 숙이고 있는 양철 지붕 같은 것들을 그들은 모르는 것이다. 대체 서울 사람들은 '고향' 하면 어떤 모습을 떠올리는 거지? 여자와 남자는 가끔 의아했다. 그 순간만큼은 서울 사람들이 딱하게 느껴지기도 했다.

고향을 찾은 그들에게 어른들은 거친 안부 인사(요즘도 연기/음악 나부랭이 하냐) 혹은 섣부른 질문(넌 결혼 언제 하냐)을 건넸다. 결혼이라니. 아무리 들어도 도무지 현실감이 느껴지지 않는 단어였다. 애써 입꼬리를 당겨 보이며 여자와 남자는 속으로 생각했다. 결혼은 어른들이나 하는 거 아닌가. 난 아직 너무 어린데. 결혼은 정착한 사람들이나 하는 거 아닌가. 난 아직 떠다니고 있는데.

*

대도시에 산다는 것은 많은 사람을 만나고 많은 장소에 간다는 것. 달리 말하면 상처받을 기회가 많다는 뜻인지도 모른다.

유리구슬에 '기스'가 나듯 어떤 순간들이 여자의 영혼을 긁고 지나갔다. 오디션에서 번번이 떨어질 때, 대사 한 줄 없는 엑스트라 배역을 위해 한겨울에 핫팩 하나 쥐고 일곱 시간을 대기할 때, 그렇게 출연한 분량을 편집당했을 때, 호텔 연회장 알바 중에 진상 고객이 가래침처럼 뱉은 욕설을 들었을 때, 소속사 대표와의 면접 장소를 어느 호텔방으로 안내받았을 때. 투명했던 여자의 마음이 조금씩 뿌옇게 변해갔다. 세상이 우울이라 부르는 불투명함이었다.

남자가 여자를 위로하는 방법은 다양했다. 다정한 격려의 말과 과장된 분노의 말을 건넸고, 여자가 좋아하는 차돌박이 숙주볶음과 된장찌개를 자주 만들어주었다. 길게 포옹하고 등을 토닥여주었다. 층간 소음에 유의하며 살살 노래를 불러주었다.

하지만 남자도 어렴풋이 알고 있었다. 자신의 사랑은 진통제일 뿐 여자의 병을 낮게 해주지 못한다는 것을. 흔들리는 것은 다른 흔들리는 것을 붙잡아주지 못한다는 것을.

*

여자가 바삐 외출할 준비를 하고 있었다. 곧 오디션이 있다고 했다. 여자의 화장이 평소보다 유독 짙은 것을 발견한 남자가 물었다.

"무슨 역할이야?"

"클럽녀2. 룸에서 주인공 옆에 앉아 있는 역할."

"어떤 영환데?"

"그냥 범죄 영화. 남자들 우르르 나오는 영화."

여자가 자꾸만 눈가를 어둡게 덧바르며 중얼거렸다.

여자는 밤이 되어서야 집에 돌아왔다. 또각, 또각, 또각 발소리가 계단에 울렸다. 삐 삐삐 삐 삐 삐. 도어 록 버튼을 누르는 소리가 평소보다 느렸다.

여자는 집에 오자마자 매트리스 위에 쓰러졌다. 눈 화장이 정갈하지 못하게 번져 있었다. 옷 갈아입고 자, 잔소리하려던 남자는 여자가 깊게 잠든 듯하자 말을 멈쳤다.

남자는 여자가 깨지 않게 조심조심 욕실로 발걸음을 옮겼다. 네 것과 내 것이 뒤섞인 세면대에서 여자의 클렌징 오일을 찾아냈다. 남자가 어설픈 손짓으로 화장 솜에 오일을 묻혔다. 매일 밤 보아온 여자의 모습을 따라 해보려는 거였다.

남자가 잠든 여자의 눈가를 천천히 닦아주었다. 유리 구슬을 다루듯 조심스러운 손짓이었다. 화장 아래 여자의 말간 맨얼굴이 드러났다. 여자의 숨소리가 깊어졌다. 그 밤, 여자는 깨지 않았다.

*

여자는 오디션에서 떨어졌다.

태백에서 좀 쉬고 오고 싶어. 여자의 말에 남자는 언제까지냐고 묻지 못했다. 여자도 답을 모를 것 같아서였다. 김태리가 롤 모델이어서 〈리틀 포레스트〉 따라 하는 거야? 실없는 농담을 던질 뿐이었다. 여자는 웃지 않았다.

그들은 함께 지하철을 타고 청량리역으로 갔다. 여자의 짐은 26인치 캐리어 하나, 백팩 하나가 전부였다. 집에 두고 온 나머지 짐처럼 애매한 인사들이 둘 사이를 오갔다. 이것이 둘의 작별인지 방학인지 알 수 없었다.

"도착하면 연락해."

마지막으로 잡은 여자의 손끝이 싸늘했다. 여름이 끝났다는 증거였다.

남자는 웃으며 차창 너머 여자를 향해 손을 흔들어주었다. 느린 열차가 여자의 고향을 향해 천천히 사라지고 나서야, 비로소 손등으로 두 눈을 슥 문질렀다.

*

올해 태백의 첫눈은 10월 25일에 내렸다. 밤사이 세상에 하얗게 내려앉은 눈을 보며 여자는 당연하게도 남자를 떠올렸다. 올해 첫눈 소식도 뉴스에서 들었을까. 듣고 내 생각을 했을까.

태백에 도착한 후 한동안 여자는 죽은 듯이 잠을 잤다. 서울에선 깊이 자본 적 없는 사람처럼 격렬히 자고 또 잤다. 잠깐 눈을 뜨면 맨들맨들 부은 얼굴로 할머니가 차려준 밥을 먹었다. 자는 것도 지겨워지면 휘적휘적 동네를 산책했다. 시내 서점에서 책 몇 권을 사 들고 와서는 팔랑팔랑 책장을 넘겼다. 본가는 집 안을 어슬렁거

릴 수 있을 만큼 넓었고, 창밖으로 태백산이 보였다. 그 초록색 곡선을 여자는 몇 시간이나 멍하니 바라보았다. 앓은 줄도 몰랐던 폐소공포증이 낫는 듯한 기분이었다.

남자와는 거의 연락하지 않았다. 드문드문 생존 신고에 가까운 메시지를 주고받을 따름이었다. 보통은 남자가 먼저 말을 걸어왔으나 대화는 오래가지 않았다. '미안함'과 '다 싫음'의 감정이 여자를 침묵하게 만들었다. 남자를 포함하여 서울에 두고 온 것들에 대해 지금은 생각하고 싶지 않았다. 살기 위해서였다. 어느 헝가리 속담처럼, 도망치는 건 부끄럽지만 도움이 된다.

*

온몸에 담요를 두른 여자가 창문을 열었다. 영하 12도의 바깥 공기가 기다렸다는 듯 얼굴에 부딪혔다. 여자는 크게 한 번 숨을 들이쉬었다. 얼음 같던 공기가 여자의 몸을 타고 따뜻한 입김이 되어 눈앞에서 흩어졌다. 입김과 함께 가슴속에 쌓여 있던 독이 한 움큼 빠져나갔다.

남자가 보냈다는 택배가 도착하기로 한 날이었다.

—태백 집 주소 좀 알려줘

—왜?

여자는 혹시라도 남자가 찾아오려는 걸까봐 긴장하
며 물었다.

—뭐 좀 보내주려고

올 게 왔군. 여자가 핸드폰을 내려다보며 중얼거렸다.
여자는 서울 집에 내버려둔 자신의 물건들을 떠올렸다.
혼자 쏙 빠져나온 그곳에는 둘이 함께한 삶의 흔적이
고스란히 남아 있을 것이었다. 그 안에서 홀로 고독했을
남자를 생각하면 당연한 수순인지도 몰랐다.

두고 온 것 중에 딱히 값나가는 물건은 없었다. 이 세
상에서 사라진다 한들 그다지 아쉽지 않을 것들이었다.
굳이 보내줄 필요 없이 모두 버려도 된다고 하려다가,
그것을 결정할 자격이 자신에게 있는지 몰라서 여자는
말을 아꼈다.

띵동. 초인종과 함께 도착한 것은 높이가 손에서 팔
꿈치 길이 정도 되는 작은 상자였다. 커다란 꾸러미를
예상했던 여자는 고개를 갸웃했다. 커터 칼로 조심조심
상자를 열었다. 신문지에 돌돌 말린 유리병 하나가 들어
있었다.

'이 차를 다 마시고 봄날으로 가자.' 유리병에 붙은 포
스트잇 메모를 여자는 속삭이듯 따라 읽었다. 삐뚤빼뚤,

익숙한 남자의 글씨였다.

"남해 유자가 유명하거든. 우리 삼촌이 키운 거야."

전화기 속 남자가 멋쩍은 투로 말했다.

"네 노래 가사로 쓰면 어때? 이 메모."

"그러려고 했는데 이미 '브로콜리너마저' 선배님들이 〈유자차〉에서 쓰셨더라고."

여자와 남자는 동시에 웃음을 터뜨렸다.

웃음소리 끝에 남자가 말했다.

"따뜻해지면 돌아와."

익히 아는, 깊고 잔잔한 남해 바다 같은 말투였다.

*

주전자가 보글보글 끓는 동안 여자가 머그컵에 유자차 한 스푼을 크게 떴다. 초봄의 햇살처럼 샛노란 색이었다. 쪼르륵 물을 따르자 상큼한 유자 향이 공기 중에 퍼졌다. 여자는 머그컵을 들고 어김없이 눈이 내리고 있는 창가에 섰다.

여자가 유자차를 호호 불어 한 모금 마셨다.

"따뜻해."

여자가 낮게 읊조렸다.

머그컵을 쥔 손끝에 비로소 온기가 도는 것이 느껴졌다.

여자가 웃었다. 보는 사람이 없어도 명백히 맑은 미소였다.

타로마녀 스텔라

어느 대학가 골목 귀퉁이에 타로숍 〈타로마녀 스텔라〉
가 있다.

어제의 와플집이 오늘의 네일숍이 되는 격동의 대학
가에서, 서너 해째 꿋꿋이 자리를 지키고 있는 다섯 평
짜리 공간. 보라색 벨벳 커튼이 드리워진 입구를 들어서
면 이 공간의 주인인 스텔라를 만날 수 있다. 까만 생머
리와 일자로 자른 앞머리, 그 아래 신비롭게 빛나는 눈
동자의 비결은 사실 컬러렌즈다. 지금 맞은편에서는 앳
된 인상의 여자 손님 두 명이 스텔라의 말을 경청하는
중이다. 운명을 궁금해하는 이들 특유의 긴장과 설렘을
얼굴 가득 띤 채.

스텔라가 까만 네일 스톤이 박힌 손끝으로 눈앞에 펼쳐진 카드를 톡, 짚는다.

"별로 좋은 남자가 아니네. 본인이 더 좋아하는 맘이 큰 거 알고 있어요?"

스텔라의 말에 왼쪽 여자의 동공이 급격히 흔들리고, 태양광을 받으면 고개를 흔드는 인형처럼 격렬히 고개를 끄덕인다.

"본인이 들이대면 이 남잔 딱히 밀어내지 않을 거예요. 근데 난 좀 더 기다려보라고 권하고 싶네. 3월쯤 더 괜찮은 사람이 들어올 것 같아요. 연상이고, 동아리나 동호회처럼 어떤 울타리 안에서 만날 인연이라네."

"오 대박, 얘 얼마 전에 새로 스터디 들었거든요."

친구인 듯한 오른쪽 여자가 대박, 대박 연거푸 뱉으며 그 박자에 맞춰 왼쪽 여자의 어깨를 친다. 왼쪽 여자의 표정이 한층 상기된다. 스텔라는 인자하고도 프로페셔널한 표정으로 더 궁금한 점이 있는지 물은 다음, 그들이 내미는 현금을 받아 든다. 손님들은 만족한 표정으로 또 올게요 인사하며 팔랑팔랑 〈타로마녀 스텔라〉를 빠져나간다.

스텔라가 점친 타인의 8,435번째 연애운이었다.

*

    손님이 뜸한 날이었다. "오늘이 입동이라더니 거리에 사람이 없네" 중얼거리며, 스텔라는 평소보다 삼십 분 일찍 퇴근하기로 결심한다. 넷플릭스에 그녀가 즐겨 보는 연애 예능의 최신 에피소드가 공개되는 날이기도 해서 이른 귀가가 더욱 절실했다. 역시 1인 기업의 최대 장점은 자유로운 근무 시간일 테니까.

    그때 한 남자가 불쑥 〈타로마녀 스텔라〉에 들어선다. 스텔라의 주 고객층은 젊은 여자 손님들이었고, 예외라고 해봤자 썸녀나 여친 손에 끌려온 남자들이 대부분이었으므로, 본인 의지로 방문한 거의 최초의 남자 손님인 셈이었다. 캡 모자에 백팩, 위아래로 맞춘 아이보리색 패딩에 조거 팬츠. 무엇보다 그의 인상을 결정지은 것은 짙게 풍기는 술 냄새.

    "오늘은 상담 끝났어요."

    두려움과 반갑지 않음을 꾹 누르며 스텔라가 말한다.

    "요 앞에 열시까지라고 적혀 있던데요."

    남자가 문을 가리킨다.

    술 취한 손님에게 '오늘은 간만에 일찍 문 닫고 집에 가서 마라탕 시켜놓고 넷플릭스나 볼까 한다'는 입장을 납득시키기란 불가능해 보인다. 스텔라가 달갑지 않은 표정으로 남자에게 앉으시라 말한다.

마주 보고 앉은 남자에게선 만취의 냄새가 난다. 이건 분명 닭똥집에 소주야. 적어도 두 병 반 이상.

"뭐가 궁금하신가요."

"어, 음."

남자가 고민한다. 타로숍에 왔으면서 이런 질문을 받을 줄 몰랐다는 듯이.

"아무거나 질문해도 돼요?"

스텔라가 벽에 붙은 메뉴판을 가리킨다. 솔로 연애운, 커플 연애운, 궁합, 취업운, 금전운, 사업운 등등. 손님의 팔 할은 묻지도 따지지도 않고 연애운을 보긴 하지만.

"엄, 제가 유튜브를 해볼까 하는데요."

"유튜브요?"

"네."

"어떤 유튜브요?"

"햄스터를 한 마리 키우거든요. 햄스터 동영상을 찍어서 올리면 어떨까 하고."

"햄스터…… 요."

"네. 이름은 피츄예요."

"피카츄요?"

"아니, 피츄요 피츄. 피카츄로 진화하기 전에 더 귀엽게 생긴 애 있는데."

"아아…… 네."

세상 모든 돈 버는 사람 특유의 무표정으로, 스텔라가 테이블에 카드를 펼친다.

"왼손으로 일곱 장 뽑아주세요."

남자가 더듬더듬 일곱 장의 카드를 뽑고, 스텔라는 최선을 다해 그것들을 해석한다. 이건 엄밀히 말하면 사업운이고 난 프로라고 스스로를 다독이며.

'당분간은 대단한 성과나 금전적 보상이 충분하진 않을지라도 심리적 만족이 따라올 테니 차근차근 시작해보라'는 스텔라의 점괘를 남자가 듣는 둥 마는 둥 한다. 가만히 고개를 숙이고 있어서 자는 건지 멍을 때리는 건지 알 수가 없다.

"더 궁금하신 것 없으시죠?"

스텔라가 과장되게 카드를 탁, 접으며 말한다.

"어…… 그…… 하나만 더 봐도 돼요?"

남자의 말끝이 오래된 A4 용지 모퉁이처럼 은은하게 꼬부라져 있다. 평온한 입동 밤을 보내긴 글렀다는 예감이 스텔라의 머리를 스친다.

"뭔데요."

"그⋯⋯ 연애운인데."

"네네."

"여자친구가, 아니 이제 전 여자친구지."

"네에."

"바람났거든요."

"아."

한껏 굳었던 스텔라의 표정이 살짝 누그러진다.

"제 친구랑."

"아이고. 모르는 사람도 아니고 친구랑?"

"예."

이 일을 하다보면 종종 듣게 되는, 생각보다 자주 있는 형태의 비극이었다. 젊은 친구가 이 추운 날 술에 취해 혼자 돌아다니는 심정을 어렴풋이 알 것도 같다. 스텔라는 한 방울의 인류애까지 쥐어짜내 상냥한 표정을 지어 보인다.

"그럼 어떤 게 궁금하실까요?"

그 여자가 후회하고 있을지? 그들이 언제 깨질지? 새 애인이 언제 생길지?

"혹시⋯⋯ 그애가 돌아올 확률은 없을까요."

스텔라가 하, 하고 굵직한 한숨을 내뱉는다. 어떤 질문이라도 손님의 입장에서 최선을 다해 응하는 것이 스텔라의 직업적 소명이었지만 이번에는 다르다. 이 빡침이 이른 퇴근을 방해받아서인지, 말 같지 않은 질문 때문인지 구분이 가지 않는다.

"손님."

스텔라가 조용히 테이블 위에 타로 덱을 내려놓는다.

"제가 타로를 보는 사람이지만, 카드에 물어볼 것이 있고 물어보면 안 될 것이 있다고 생각해요. 방금 손님 질문은 후자 같아서요. 나 버리고 내 친구랑 바람난 애인이 돌아올지 말지가 왜 궁금해요? 정이 떨어질 대로 떨어져야 정상이지. '에잇 나쁜 놈년들, 니들끼리 잘 먹고 잘 살아라 퉤퉤' 하고 그쪽으론 쳐다도 안 봐야 하는 거라고요."

스텔라의 기세에 놀란 듯, 술기운에 말대꾸할 기력을 잃은 듯, 남자는 붉은 얼굴로 묵묵히 그 말을 경청한다.

"죄삼다."

"아니 뭐 죄송하실 것까진 없고요. 여기까지만 하실게요. 아까 본 유튜브 사업운, 만 원입니다."

"예."

남자가 느릿느릿 백팩에서 지갑을 꺼내 카드를 내민다.

"카드는 안 되는데."

"아."

남자가 지갑을 뒤적거린다.

"현금이 없는데."

"계좌이체 해주셔도 돼요."

남자가 패딩 주머니를 뒤지고, 가방을 뒤지고, 바지 주머니를 뒤진다.

"폰…… 이 없는데."

"두야."

연민과 짜증이 뒤섞인 표정으로, 스텔라는 남자에게 〈타로마녀 스텔라〉 명함을 한 장 내민다. 신성한 퇴근을 방해하는 악령에게 부적을 내밀듯 단호한 기세로.

"그냥 다음에 지나가면서 주세요."

"……감삼다."

"핸드폰 잃어버린 것 같은데, 나중에 술 깨면 잘 찾아 봐요."

남자가 온순하고도 시무룩한 표정으로 명함을 손에 쥔 채 꾸벅 고개를 숙인다.

비척비척 사라지는 남자의 뒷모습을 바라보며, 스텔라는 짧지 않은 타로리더 경력을 스쳐간 진상 손님들을 떠올린다. 원하는 답을 듣지 못했다며 울고불고 따지던 불륜 중인 아가씨, 가게 모양이 딱 실비집처럼 생겼는데 술을 왜 안 파느냐며 항의하던 아저씨, 이딴 사기로 돈 벌어먹고 사냐며 폭언을 일삼던 악질 단골. 그에 비하면 이 정도는 양호했다는 생각에 이르자 스텔라의 마음이 조금 누그러진다. 시계를 보니 열시 십오분, 아직은 문을 연 마라탕 집이 있을 것이다.

*

다음날 해가 중천에 떴을 때 눈을 뜬 남자는, 전주식 콩나물국밥을 주문할 요량으로 핸드폰을 찾다가 그것이 분실되었음을 깨닫는다. 핸드폰 대신 패딩 주머니에서 나온 것은 보라색 배경에 핑크색 별자리가 수놓인 〈타로마녀 스텔라〉 명함. 그 생경한 가로 9센티, 세로 5센티의 종이를 남자가 멍하니 살펴본다. '도장 열 개를 모으시면 질문 하나 공짜.' 뭐야 이거. 이게 왜 내 옷 주머니에. 얼마나 시간이 흘렀을까, 남자의 뇌리에 어제의 광경이 조각난 파편처럼 떠오른다.

"끄아……"

슈퍼싱글 침대에 얼굴을 묻은 채, 남자가 오래된 나무문이 바람에 열릴 때와 흡사한 소리를 낸다.

"이런 거 안 사 오셔도 되는데."

남자가 내민 만 원짜리 지폐와 6구짜리 에그 타르트를 스텔라가 빤히 바라보고 있다.

"민폐 끼친 게 죄송해서요. 부담 갖지 마시고 받아주세요."

"아니 그게 아니라, 저 계란 알러지 있어가지고."

"아."

여자들은 전부 에그 타르트를 좋아하는 줄 알았다며 남자가 관자놀이를 긁적거린다.

"컨디션은 괜찮아요? 어제 많이 취해 보였는데."

"그러게요. 무슨 정신으로 여기 들어왔는지도 모르겠어요."

주변 사람들에게 하소연하기도 애매한 '그 일' 때문에 혼자 술을 퍼마시고 집에 돌아가던 길에 웬 타로집이 보였고, 자기도 모르게 들어왔던 것 같다고, 남자가 회상하듯 말한다. 경청하는 스텔라의 표정은 그럭저럭 너그럽다. 술 취해서 그 정도야 뭐. 길가의 우체통을 뽑거나 가루약을 유골처럼 뿌린 것도 아닌데.

"신세 갚을 방법을 모르겠네요. 여기가 빵집이면 빵

을 잔뜩 사 가고, 책방이면 책을 잔뜩 사 갈 텐데."

"괜찮아요."

"저 타로점 마저 봐도 돼요? 어제 쫓아내셨잖아요."

남자가 슬쩍 장난스레 웃는다.

"쫓아내다뇨. 내담자를 옳은 길로 인도한 거죠."

남자는 잠깐 말이 없다.

"뭐가 궁금한데요. 전여친?"

남자가 쑥스럽달지, 씁쓸하달지 그 사이 어딘가의 미소를 짓는다. 스텔라가 수없이 봐온, 사랑 앞에 하릴없는 자들의 표정이다. 희박한 사랑의 가능성이나마 건져 올리고 싶어, 한 올의 실낱을 붙잡듯 스텔라를 찾는 사람들의 표정을 그녀는 잘 알고 있다.

스텔라가 쯧, 하고 혀를 한 번 찬 후 흔쾌한 동작으로 타로카드를 펼친다.

"왼손으로 열 장. 뽑아봐요."

DEATH. 백마 위에 앉은 갑옷 차림의 해골 기사. 그의 손에 나부끼는 검은 깃발과, 저 멀리 떠오르는 새벽녘의 태양. '죽음' 카드를 골똘히 바라보던 남자가 심각한 표정으로 묻는다.

"저 죽는 거예요?"

"젊은 친구가 죽긴. 직독직해하지 마요."

"죽음과 탄생은 딱 붙어 있는 거예요. 밤과 새벽이 딱 붙어 있듯이. 그러니까, 지금 끝나는 이 사랑이 손님에겐 새로운 시작이자 터닝 포인트라는 거죠. 이 연애는 자연스럽게 죽음을 맞고 있지만, 손님은 다시 태어날 수 있어요. 어찌 보면 끝내야 마땅한 사랑이에요."

스텔라의 설명을 남자가 묵묵히 듣는다.

"끝낼 수 있을지 모르겠어요."

"많이 좋아했나봐요."

"예. 처음 사귄 애였거든요."

"엥, 첫 연애예요? 안 그래 보이는데."

"왜요?"

"아니에요. 계속 얘기해요."

남자가 끔뻑, 눈을 한 번 길게 감았다 뜬다.

"걔가 제 친구랑 그렇게 되었다는 걸 알았을 때도, 칼같이 돌아서야 하는 걸 머리로는 아는데…… 걔가 막 우니까 어쩔 줄 모르겠다고 해야 하나. 그냥 애초에 다 같이 만날 자리를 만든 내 탓 아닌가, 내가 좀 더 걔한테 잘해줬으면 이런 일이 안 생기지 않았을까, 그런 생각이 들더라고요."

혼잣말하듯 웅얼거리던 남자가 목덜미를 문지르며 씨익 웃는다.

"나 왜 이렇게 말이 많지."

앞으로도 종종 찾아와 매상에 보탬이 되어드리겠다며, 남자가 짐짓 생색 어린 표정으로 말한다. 다른 손님이 있으면 기다려야 할 거라고, 스텔라가 짐짓 도도한 표정으로 말한다. 이 에그 타르트는 도로 가져가라는 스텔라의 말에 남자는 "그럼 누나는 뭘 좋아하세요" 묻고, 스텔라는 너무도 당연하게 연장자라 여겨진 데 대한 일말의 서운함과 '누나'라는 단어의 어감이 주는 묘한 프레시함을 동시에 느낀다.

남자가 떠난 후, 텀블러에 새 캐모마일 티백을 넣던 스텔라가 피식 웃는다. 왜 웃는지는 자신도 알 수 없다.

*

그날 이후 남자는 은혜 갚는 참새처럼 종종 〈타로마녀 스텔라〉를 방문한다. PC방에 가려다 문득, 공강 시간에 문득, 오랜만에 꺼낸 코트에서 현금을 발견했을 때 문득. 전 연인에게 전화를 걸고 싶어 죽겠거나 술 마셔 줄 친구가 마땅치 않은 날에도 남자는 주춤주춤 〈타로마녀 스텔라〉의 벨벳 커튼을 걷는다.

명함 뒤편에 도장 세 개를 모았을 때, 남자는 스텔라

에게 말 놓으시라 말하고 스텔라는 손님에게 어떻게 그
러느냐며 웃는다. 도장 네 개를 모았을 때 남자는 "걘 잘
살고 있어요?" 하고 묻고 스텔라는 "안타깝지만 잘 사는
것 같은데?" 하고 답한다. 도장 다섯 개를 모았을 때 스
텔라는 남자의 이름이 연우라는 것을 알게 된다. 도장
여섯 개를 모은 다음 날, 학식에 나온 계란찜을 숟가락
으로 쪼개던 남자는 스텔라를 떠올린다. 그 누나는 이런
것도 안 먹고 어떻게 살지.

*

"아니, 걔 카톡 프사가 아직도 내가 찍어준 사진이라
니까요."

"그냥 그 사진이 잘 나와서 맘에 들었나보지."

"기념일에 내가 준 꽃 들고 찍은 건데요?"

"그럼 그냥 그 꽃이 맘에 들었나보지."

"아, 아닌데."

스텔라가 치, 하고 웃는다. 연우에게 스텔라는 미래를
들여다보는 수정구슬이라기보다는 비밀을 속삭이는 대
나무숲에 가까워 보인다. 자신의 미련과 찌질함을 내보
여도 좋은 유일한 상대.

언제나처럼, 연우가 신중한 손끝으로 카드 두 장을 뽑아든다.

Two of Pentacles, 두 개의 동전을 손에 들고 요리조리 저글링하는 소년. Nine of Cups, 등 뒤에 황금 컵을 쭉 세워놓고 흡족한 듯 웃고 있는 남자.

턱을 괴고 카드를 응시하던 스텔라가 미간을 찌푸린다.

"얘 지금 두 사람 사이에서 재고 있는 것 같은데."

"두 사람이요?"

"그새 양다리 걸칠 상대를 또 한 명 만든 게 아니라면…… 너랑 현남친 사이겠지."

흰 편인 연우의 얼굴이 더욱 하얗게 질린다.

"근데 자기는 이 상황이 만족스럽대. 원하는 대로 상황을 끌고 갈 수 있다는 자신감도 보이고. '전여친이 아직 나한테 미련이 있을까요?'가 질문이라면, 그렇다고 답해줄 순 있겠네. 너를 아직 손에서 놓은 게 아니거든."

연우가 미세한 헛웃음을 짓는다.

"그 프사, 나도 보여줘봐."

스텔라가 장난스럽게 말한다. '어떻게 생겼는지 얼굴이나 보자'는 마음의 소리는 굳이 입 밖에 내지 않는다. 연우가 풀죽은 얼굴로 핸드폰을 만지작거린다.

노란 해바라기 꽃다발을 품에 안고 환히 웃는 여자의 얼굴이 액정 가득 떠오른다. 그로 하여금 수없이 카톡 숨김친구 목록을 들락거리게 했을 사진. 한때 그들 사랑의 증거였을 사진.

"예쁘네."

스텔라가 무심히 인정한다.

"근데 그냥 다른 사람을 만나봐도 괜찮지 않아? 세상에 여자가 한 사람만 있는 것도 아닌데. 소개팅도 하고 동아리도 들고, 한창 좋은 나이를 활용해야지."

"오, 누나는 연애 많이 해봤나봐요."

장난기를 애써 긁어모은 연우의 말에 스텔라가 흠칫한다.

"어?"

"하긴 그러니까 이렇게 연애 상담도 잘해줄 수 있는 거겠지만."

스텔라의 표정이 밥 먹다 돌을 씹은 사람처럼 굳는다.

연애운 상담 건수 9,000건 돌파를 목전에 둔 스텔라가 공식적인 연애 레코드를 보유하고 있지 않은 모태솔로라는 사실은 단골들에겐 함구해야 할 대외비였다. 물론 나름의 이유는 있었다. 간접 경험이 직접 경험을 압도해버린 케이스랄까. 하루에도 수십 건의 연애 고민을 들어주다 그만 시작도 해보기 전에 연애에 질려버린 거였다. 게다가 저마다 스텔라에게 털어놓는, 사람이 사람을 좋아함으로 인해 파생되는 문제들은 어쩜 그리 복잡다단 각양각색인지. 스텔라는 도리어 끊임없이 연애를 시도하는 세상 사람들이 신기할 지경이었다. 다행히 연애 경험과 의사가 없는 것은 스텔라의 업무 역량에 마이너스가 되지 않았다. 오직 머리로 도출한 바른말을 해줄 수 있다는 점에서 상담에 명료함을 더하기도 했다.

카운슬러로서의 권위를 잃기 싫은 스텔라가 짧게 대답한다.

"난 연애에 관심이 없어서."

의아한 표정으로 고개를 미세하게 기울이던 연우는, 곧바로 '뭐, 잠깐 쉬고 싶을 수도 있지' 혼자서 납득한다.

*

오늘로서 열 번째 도장을 찍을 차례, 스텔라로부터 '시원찮다' 네 글자로 요약 가능한 취업운 점괘를 듣던 연우가 묻는다.

"누나는 이 일 어떻게 시작했어요?"

이 단골손님은 종종 이 공간의 주인에 대한 질문을

던지곤 한다. 말하자면 연우는 가끔 '상담'이 아닌 '대화'를 시도할 때가 있다. 돈을 내고 내 얘긴 왜 물어봐, 특이한 애네, 라고 생각했던 스텔라지만 지금은 그럭저럭 적응이 됐다. 연우의 질문을 듣자마자 스텔라가 귓바퀴의 피어싱을 만지작거리며 생각에 잠긴다.

"타로 보기 전엔 직장 생활 잠깐 했었어."

"어떤 일요?"

"가전 브랜드 고객 센터 상담원."

"오호."

살면서 해야 할 '사랑합니다'라는 말을 그때 다 쓴 것 같다며 스텔라가 웃는다.

"근데 왜 그만뒀어요? 일이 잘 안 맞았어요?"

"음, '안 맞았다' 정도론 너무 약소한 표현이긴 하지만."

퇴사 후 백수 생활의 무료함을 달래려다 동네 문화센터에서 찾은 것이 타로카드 강좌였고, 재미 삼아 친구들의 운세를 봐주던 것이 입소문이 났으며, 친구네 고모가 운영하는 사주 카페에서 파트타임으로 일한 것이 시작이었다는 스텔라의 서사를 연우가 경청한다.

"재밌는 게 뭐냐면," 연우의 눈빛이 흥미로움으로 반들반들 빛난다. "사실 그때도 지금도 내 역할은 크게 바뀐 것 같지 않거든. 상대방의 고민을 듣고 해결책을 제시하는 일. 근데 그때는 뭐랄까…… 매일 죽지 않을 만큼만 독극물을 마시는 기분이었다고 해야 하나."

"독극물이요?"

"응, 독극물. '방금 이 믹서가 작동하다 멈췄기 때문에 내 인생은 망했고 그건 전부 너 때문이야' 따위의 순도 높은 저주의 말들을 들어야 했으니까. 그런 말을 매일매일 들으면 사람이 안쪽에서부터 썩어. 화분에 물 대신 석유를 주는 것처럼. 나한텐 직장 생활이란 게 그랬어."

스텔라가 타로 덱의 귀퉁이를 손가락으로 훑는다. 닳고 닳아 너덜너덜해진.

"지금은 괜찮아요?"

"응. 가끔 상상 못 할 빌런들이 있긴 한데, 대다수의 사람들은 '넵넵' 하면서 내 말을 경청해주거든. 다들 공손하고 예의 발라. 자기 인생 가장 중요한 문제에 대해서 내가 해답을 내줄 거라 믿어서 그런가? 내 말이 무슨 신의 계시라도 되는 것처럼…… 나는 그냥 돈을 받고 그 사람이 뽑은 카드의 의미를 읽어줄 뿐인데."

"그러게요."

호응하는 연우를 향해 스텔라가 비식 웃는다.

"너만 해도 그렇잖아. 전여친에 대해서도, 사실 나보

다 네가 답을 더 잘 알고 있을걸?"

연우가 말이 없다. 스텔라는 문득 얼굴이 확 달아오르는 것을 느낀다.

"나 왜 이렇게 말이 많지."

어디서도 들을 수 없는 '스텔라 비긴즈' 풀 스토리를 들었으니 돈을 더 내야 하는 것 아니냐며 스텔라가 농을 친다. 연우는 살짝 웃을 뿐 별다른 대꾸를 하지 않는다. 마침 다음 손님이 들어오는 기척이 들리고, 연우는 언제나처럼 지갑에서 현금과 명함을 내민다. 그가 말없이 꾸벅 인사하고 나간 후, 새 손님에게 뭐가 궁금하신지 묻는 스텔라의 얼굴에 민망함이 얇게 묻어 있다.

*

그리고 얼마간의 날들이 지났을 무렵, 스텔라는 퇴근길에 우연히 연우를 목격한다.

아니, 정확히 말하면 전 연인과 함께 걷고 있는 연우를 목격한다. 밤에도 대낮처럼 밝은 대학가 거리였으므로 스텔라는 저 멀리 나란히 걷고 있는 두 사람을 알아볼 수 있다. 연우의 핸드폰 액정 속 오목조목한 얼굴이, 옆 사람을 향해 한참 뭐라 뭐라 말을 하고 있다. 연우는

여자의 말에 귀를 기울이며 보폭을 맞춰 걷는 중이고. 그 순간 스텔라의 가슴속에 차오른 감정은 뜻밖에도,

미세한 짜증이었다.

'그렇게 미련이 뚝뚝 흘러넘치더니 결국 만났네, 저 호구' 하는 마음의 소리가 스텔라가 뱉은 하얀 입김이 되어 사라진다. 또각 또각 또각, 천천히 내딛는 부츠 소리에 맞춰 스텔라가 질문을 하나씩 떠올린다. 무슨 이야기를 하는 중일까. 어디로 가는 길일까. 시간이 꽤 늦었는데. 다시 잘해보자는 얘기를 하는 걸까. 아니, 어쩌면 이미 재결합했는지도 모르지.

그만. 스톱. 스텔라가 세차게 고개를 흔들자 그녀의 까만 머리카락이 찰싹찰싹 두 뺨을 친다.

퇴근 후에 단골손님에 대해 고민하는 것도 일종의 야근이야. 스텔라는 입김처럼 뭉게뭉게 피어오르는 호기심을 억누르려 애쓴다. 조만간 연우는 또 스텔라의 가게에 들를 테고, 어차피 그때 자초지종을 들을 수 있을 테니까.

*

그러나 스텔라의 예상과 달리 연우는 〈타로마녀 스텔

라)에 방문하지 않는다. 칼 같은 주기는 아니었지만 대체로 '올 때가 됐는데' 싶을 때쯤 슬쩍 나타나던 연우였다. 스텔라는 그의 소식이 궁금하지만 딱히 할 수 있는 일은 없다. 단골손님이 단골집에 "언제 문 열어요?" 묻는 일은 흔해도, 단골집 주인이 단골손님에게 "언제 와요?" 묻는 것은 어딘가 부적절하거나 부자연스럽다. 스텔라는 타로리더로 일하기 시작한 이래 처음으로 본인의 직업이 별로라고 생각한다. 이건 마치…… 일방적으로 걸려오는 전화만 받을 수 있는 콜센터 같잖아.

어쩌면 연우에게는 스텔라를 찾을 이유가 사라진 것인지도 모른다. 그가 집요하게 매달려온 질문이 해결되었다면, 그러니까 전 연인과 재회했다면, 조금 야속하기는 해도 이해되지 않는 일은 아니었다. 고민거리가 없는 사람은 점술가를 찾지 않는다. 완쾌한 환자가 의사를 찾지 않듯이.

한 장씩 쌓여드는 카드처럼 시간이 차곡차곡 흐른다. 사랑에 근심하는 수많은 얼굴들을 매일매일 마주하는 동안, 스텔라는 틈틈이 연우를 떠올린다.

*

신년운세를 보기 위해 밀려드는 손님들을 바삐 상대하던 어느 날, "다음 분 들어오세……"까지 외치던 스텔라가 말을 맺지 못한다. 마치 흐릿한 글자를 읽을 때처럼 두 눈을 찌푸리는 이 공간의 주인.

"여기 잘 본다고 추천받아가지구요."

연우의 숱한 질문 속 주인공이 눈앞에 앉는다. 오목조목한 얼굴에 어울리는 생글생글한 표정.

"어떤 게 궁금하세요?"

마음속 동요를 들키지 않기 위해 노력하며 스텔라가 묻는다.

"연애운이요."

"남자친구는 있으시구요?"

"지금은 없어요."

"없어요?"

과장되게 올라가는 스텔라의 말끝에 여자가 잠깐 멈칫한 뒤 말을 잇는다.

"네. 없는데, 고민되는 사람이 있긴 해요."

"썸 타는 사람이에요?"

"아뇨. 예전에 사귀었던 오빤데 다시 만나볼까 싶어서요."

"아아……"

스텔라가 말꼬리를 늘어뜨린다.

"전남친? 아니면 전전남친?"

여자의 눈빛에서 의아함을 읽은 스텔라가 어색하게 웃어 보인다.

"최대한 많은 정보를 알아야 더 정확히 봐드릴 수 있거든요."

스텔라가 부채꼴 모양으로 테이블에 카드를 펼친다.

Page of Cups, 상대방을 나타내는 카드. 수줍은 표정과 조심스러운 자세로 컵을 들고 다가서는 소년.

"조금 서툴긴 하지만 좋은 사람이네요."

여자가 동의의 뜻을 담아 웃는다.

"귀엽긴 해요."

"그래요?"

"네. 말투도 순하고…… 초딩처럼 그 나이에 햄스터도 키우고 그래요."

스텔라가 잠깐 말이 없다.

"왜 그 사람과 잘해보고 싶은지 물어봐도 될까요?"

"그냥 저한테 제일 잘해주는 사람이었어서요. 그 오빠도 아직 마음이 남아 있는 것 같고."

묵묵히 카드의 배열을 바라보는 스텔라의 모습은, 손님의 눈엔 그저 신중히 카드의 뜻을 읽고 있는 것처럼 보인다.

"두 사람 별로 안 어울리는데요."

"엥? 그래요?"

"네."

"왜요?"

"둘이 너무 다른 사람들이에요."

여자가 당황한다.

"물고기는 물고기끼리, 토끼는 토끼끼리, 표범은 표범끼리 사랑해야 하죠. 지금 두 분 관계는 마치 늑대와 노루 같아 보여요. 늑대의 이빨과 발톱을 노루는 못 견디지 않겠어요? 애써 껴안다가 상처만 받을 뿐이지."

수수께끼 같은 스텔라의 말에 여자의 표정이 알쏭달쏭해진다.

"다시 사귀는 건 별로란 말씀이세요?"

"네."

"음, 그래도…… 그 오빠가 아직 저를 좋아하긴 하죠?"

스텔라가 미간을 구긴 채 한동안 눈앞의 카드를 응시한다. 그 시간이 꽤나 긴 나머지 여자가 "뭐라도 말씀을……" 하는 순간, 스텔라는 타로리더 인생 처음으로 카드의 메시지와 다른 점괘를 내놓는다.

"아니요. 안 좋아해요 이젠."

*

그날의 기억이 얼마나 강렬한 것이었던지, 스텔라는 한동안 후유증에 시달린다. 사사로운 감정에 빠져 직업 윤리를 저버렸다는 사실을 스텔라는 믿을 수가 없다. 벌레 씹은 표정으로 물러나던 여자의 표정이 떠오를 때마다, 스텔라는 손님이 없는 틈을 타 이마를 빡 소리 나게 치거나 폭풍 같은 한숨을 내쉬며 잊어버리려 애쓴다. 내가 왜 그랬지. 요즘 스텔라가 습관처럼 뱉는 혼잣말이었다. 스텔라는 도무지 알 수가 없다. 자신의 마음을. 수많은 타인의 미래를 호언장담하면서도 정작 자기 마음 하나 이해하지 못하는 스스로를.

더불어 스텔라는 조금 부끄럽다. 간절한 표정으로 연애운을 물어온 손님들에게, 마치 이 문제를 왜 틀리는지 모르겠다는 전교 1등의 표정으로 옳은 말을 쏴대던 자신이 민망해지려는 참이다. 말하자면 그녀는 어렴풋이 깨닫는 중이다. 사람의 마음은 안내 음성에 맞춰 숫자를 딱딱 누르면 해결되는 ARS 전화와 같지 않다는 것을. 그 모호하고 답 없는 세계를 헤엄치다 다들 그렇게 스텔라를 찾아온다는 것을.

다만 그 모호함의 바다에서 시간이 지날수록 또렷해지는 한 가지가 있다면,

"보고 싶네."

스텔라는 연우가 보고 싶다.

마치 '쌀쌀하네' 혹은 '출출하네' 하듯 무심하게 중얼거리는 그녀는, 사실 그다지 무심하지 않은 마음으로, 연우가 보고 싶다.

*

연우가 다시 〈타로마녀 스텔라〉에 나타난 것은 스텔라가 본인의 이마를 열여덟 번쯤 치고 한숨을 마흔두 번쯤 내쉬었을 즈음이었다. 매섭던 바람이 살짝 미지근해졌을 때, 뜬금없이 미리 핀 개나리같이.

"오랜만이네."

왠지 모르게 허둥지둥한 표정의 스텔라는 인사를 건네면서도 연우와 눈을 맞추지 못한다.

"잘 지냈어요?"

연우가 밝게 웃는다.

"뭐 볼래, 오늘도 연애운?"

"아, 안 봐도 돼요."

"그래?"

"저 그애랑 완전히 끝났어요."

스텔라의 눈이 커진다.

"왜?"

"그냥, 끝낼 때가 된 것 같더라고요. 얘기해볼수록 아닌 것 같아서."

"아……"

"누나도 그랬잖아요. 답은 내가 이미 알고 있을 거라고."

약간의 정적 끝에 스텔라가 머뭇머뭇 말한다.

"힘들었겠다."

"힘들었죠. 고민도 많이 했고. 근데 지금은 별로 후회 없어요."

연우가 벙찐 스텔라의 표정을 힐끔 살피더니 풋 하고 웃는다.

"근데 걔가 누나 돌팔이라고 엄청 욕하던데."

"뭐, 돌팔이?!"

이제는 대놓고 배를 잡고 웃기 시작하는 연우 앞에서, 스텔라는 잠깐 분개하는 듯하다가 겸허히 입을 다문다. 사실 그 친구한테는 그런 말을 들어도 싸다고 스스로 생각하는 바다.

"저 도장 열 개 다 모았어요."

겨우 웃음기를 그친 연우가 뿌듯한 얼굴로 말한다.

"축하해."

이미 알고 있다는 말은 덧붙이지 않는다.

"도장 열 개 모으면 질문 하나 공짜, 맞죠?"

스텔라가 고개를 끄덕인다.

"아무 질문이나 봐주는 거죠?"

스텔라가 또 한 번 고개를 끄덕인다.

스텔라가 카드를 주욱 펼치고 말없이 연우의 질문을 기다린다. 그런 스텔라를 연우가 정면으로 바라본다.

"연애운 볼게요."

"안 본다며 연애운."

"내 거 말고 누나 연애운이요."

"뭐?"

"맨날 내 연애운 봐준 사람의 연애운이 궁금할 수 있 잖아요."

"아, 무슨 말도 안 되는 소리를."

"뭐가 말이 안 돼요."

"됐어. 딴 거 물어봐."

"아무 질문이나 된다면서요."

스텔라의 눈빛에는 마음대로 되지 않는 이 단골손님

에 대한 당혹감과 원망, 그리고 묘한 반가움이 섞여 있다. 하여튼 웃겨, 하여튼 특이해.

"아, 몰라. 안 봐주면 나 안 나가요."

긴 한숨 끝에 스텔라가 카드를 뽑아 든다. 카드를 뒤집는 손을 연우가 유심히 바라본다.

Ace of Cups. 모든 일의 시작을 알리는 Ace와, 마음을 뜻하는 Cups의 만남. 황금빛 컵 안에서 축복처럼 물이 쏟아져 내리고 있다.

곧 마음이 넘쳐흐를 일이 생겨나리라.

카드가 속삭이는 예언을 옮기는 대신, 뜬금없는 고백이 스텔라의 입에서 튀어나온다.

"나는 연애 잘 못해."

잠깐 스텔라를 바라보던 연우가 어깨를 으쓱한다.

"그건 해봐야 아는 거 아닌가."

스텔라가 뽑은 Ace of Cups 카드를 연우가 유심히 살핀다.

"이거 약간 맥주잔같이 생겼네요. 맥주 한잔하라는 거 같은데."

스텔라가 어이없는 표정으로 연우를 바라본다.

"열시에 마치죠?"

"왜?"

연우가 슬며시 일어나 입구의 벨벳 커튼을 걷는다.

"우리 너무 여기서만 얘기했잖아요."

*

밤 열시, 〈타로마녀 스텔라〉의 불이 꺼진다. 문을 잠그고 나오는 스텔라를 연우가 골목에서 기다리고 있다. 스텔라가 쭈뼛쭈뼛 연우에게 다가선다. 처음 있는 일이다. 가게 밖에서 손님을 만나는 것도, 가게 앞에서 누군가 자신을 기다리고 있는 것도.

"뭐 먹을까요?"

"글쎄."

"뭐 좋아해요? 못 먹는 음식은 아는데."

두 사람이 천천히 보폭을 맞춰 걷기 시작한다.

"그러고 보니까 누나에 대해서 아는 게 없네. 이름 좀 알려주세요."

"나? 스텔라."

"아니, 본명."

"그냥 스텔라라고 불러."

"아, 이상해요. 사람이 이름을 알아야 서로 친해지지."

한동안 말없이 걷던 스텔라가 우물우물 말한다.

"……주."

"네?"

"옥주. 이옥주."

연우가 웃음을 터뜨림과 동시에 스텔라, 아니 옥주의 주먹이 연우의 등에 날아든다.

"왜 웃어!"

연우가 끅끅 웃음기를 삼키며 말한다.

"귀엽잖아요."

옥주와 연우가 이른 봄의 밤거리를 나란히 걷는다.

옥주가 점친 본인의 첫 번째 연애운이 적중하려는 참이다.

블라인드, 데이트

[2월 7일 오후 8:06]
13개 메일을 휴지통으로 이동했습니다.

[2월 7일 오후 8:07]
1개 메일을 받은편지함으로 복원했습니다.

[2월 7일 오후 8:35]
　메일함을 미리미리 좀 정리하면서 살걸 그랬다. 하마터면 카드 결제 메일 더미에 파묻혀 있던 언니 메일까지 지울 뻔했네. 그래서 답장이 늦었어.
　나야 잘 지내지. 언니 이직했다는 소식은 남현 선배

한테 들었어. 실리콘밸리라니, 어디까지 멋있어질 셈이세요? 거기 막 해커가 주인공인 영화에서나 배경으로 나오는 곳 아닌가. 아무쪼록 우리 취업 스터디가 배출한 글로벌 인재로서 앞으로도 쭉 한국인의 위상을 높이는 데 힘써주길 바라.

그나저나 진짜 뜬금없다. 언니 입에서(정확히는 손가락에서) 소개팅이라는 단어가 나올 거라곤 상상해본 적이 없어서. 게다가 언니가 멀리 고국에 있는 내 연애 사업까지 챙겨줄 정도로 세심한 성격일 줄은 몰랐네. 비꼬는 게 아니라 진심으로 신기해서 그래. 언니는 연애 같은 거 관심 없는 줄 알았거든.

나 지금 애인 없지. 어디 보자, 언니가 한국 떠날 무렵부터 지금까지 쭉 없었던 것 같은데. '과거부터 현재까지 쭉.' 영어로는 have been ~ing, '현재완료 진행형'이라고 하나. 아무튼.

언닌 등산 좋아해? 연애라는 거, 나한텐 약간 등산 같은 운동이랑 비슷하게 느껴지거든. 당장 이번 주말에 등산을 가지 않아도 무슨 큰일이 나는 건 아니잖아. 근데 왠지 날 좋은 주말에 집에서 뒹굴다보면 '아, 운동 좀 해야 하는데' 조급함이랄까 뜨끔함이랄까, 묘한 기분이 든단 말이지. 근데 또 막상 시도하자니 귀찮기도 해. 등산 좋은 거 누가 모르나. 근데 지금처럼 주말에 침대에서 아이스크림 퍼먹는 삶도 나쁘진 않은데? 싶은 거야. 사실 그보다 더한 문제는 따로 있지. 한두 살 나이를 먹을수록 그다지 오르고 싶은 산도 잘 안 보인다는 거. 발 빠르고 부지런한 사람들이 정상에서 활짝 웃으면서 찍은 인증 샷을 구경하다보면 시간만 훅훅 가요. 자, 어찌어찌 큰맘 먹고 등산길에 섰다 치자. 꾸역꾸역 산길을 오르는 일은 생각보다 즐겁지 않아. 설렐 때보단 고될 때가 많지. 사람들이 '썸'이라고 부르는 일도 그렇지 않나? 상대방에 대한 정보를 열심히 취합하면서, 나라는 인간상을 매력적으로 제시하면서, 상대방에게서 감지되는 호감도와 나의 호감도를 종합하여 계속 갈지 말지를 결정하는 일이 즐겁기만 할 리 없잖아. 그러다 그 모든 과정을 견디고 마침내 정상에 서면…… 언제 그랬냐는 듯 외치는 거야. "야호! 이렇게 좋은데, 진작 할걸!"

내가 말이 너무 많다고? 알아. 이역만리 타국에서 날아온 소개팅 제안에 곧바로 예스를 외치기에는 민망하니까 일단 주절주절 떠들어본 거야. 여하튼 얼떨떨하고도 반가운 마음으로 언니의 제안을 수락할게. 내 취향은 자만추(자연스러운 만남 추구)에 가깝긴 한데, 마냥 자만하면서 추리닝 입고 집에만 있으면 안 되겠지. 무엇보다도 글로벌 인재가 주선하는 소개팅에는 과연 어떤 사람이 나올지 궁금하긴 해. 그분 한국에 계시긴 한 거지? 그렇담 내 번호 전해줘도 돼.

[2월 10일 오후 3:46]

언니가 소개해준 분이랑 연락 주고받고 있어. 아직까진 느낌이 나쁘지 않네. 일단 맞춤법이 완벽하시다. 국립국어원 직원이신가? 나 맞춤법에 트라우마 있잖아. 예전에 사귀던 애가 '완전 소 잃고 뇌 약간 고치기네'라고 문자 보낸 거 보고 헤어졌거든. 이분은 그럴 걱정은 안 되는데, 내가 메시지를 보낼 때마다 실시간으로 확인하고 칼답을 주셔서 살짝 무섭기도 해. 종일 폰만 붙잡고 있는 백수이신가? 에잇, 언니가 미리 신상정보를 안 알려주니까 이래저래 상상만 끝이 없잖아. 프로필 사진은 지나치게 수려하시던데 아마 보정이 많이 들어갔을 테니 미리 경거망동하진 않으려고. 사진의 50퍼센트 정도만이라도 실물에 함유되어 있다면 반갑겠다. 아니 30퍼센트.

암튼 이번 주 토요일에 그분이랑 약속 잡았어. 장소는 망원동. 내가 동남아 음식 좋아한다니까 맛집 링크 세 개를 신속하게 착착착 보내시더라고. 인터넷정보검

색사 1급 출신이신가? 아무쪼록 잘 만나고 와서 상세히 썰을 풀겠습니다.

[2월 15일 오전 12:12]

방금 소개팅남과 헤어지고 집으로 돌아왔어. 터질 듯한 원피스만 대강 벗어 던진 채 깍듯이 무릎을 꿇고 메일 쓰는 중. 언니, 내가 실리콘밸리 쪽으로 큰절 올리고 싶은데 정확한 방향을 모르겠네.

내가 대학생 때부터 일관되게 입버릇처럼 말해온 이상형이 있거든. 손가락이 길고 목소리가 좋은 사람, 말이 잘 통하는 사람, 그리고 가끔 '풋' 할 정도의 유머감각이 있는 사람. 어쩜 신기할 만큼 그 묘사에 딱 들어맞는 사람이던데.

나랑 동갑이더라. 국립국어원 직원이나 백수는 아닌 것 같았어. 미국에서 온 지 얼마 안 됐고 공부하는 사람이래. 공부는 앞으로도 계속할 텐데 어떤 공부인지는 차차 알려주겠대. 이렇게 여운을 남기는 말조차 내겐 다음을 기약하는 소리처럼 들려서 나쁘지 않았어.

밥 먹고 간 카페에서는 정신 차려보니 세 시간이나 떠든 거 있지. 엇, 말이 이렇게나 잘 통한다고? 이런 분야까지 잘 안다고? 싶을 만큼 신기하게 얘기가 잘 통하는 거야. 좀 거짓말 같다는 기분도 들었어. 마치 잘 쓰인 대본을 연기 중인 배우처럼 보였달까? 맞아. 거참 잘생겼더란 소리야.

카페는 슬슬 문 닫을 시간이 되어가고, 솔직히 그대로 헤어지기 아쉬워서 간단히 와인 한잔할지 물어봤지. 좋다더라고? 그러더니 미리 준비한 듯이 분위기 좋은 와인 바로 데려가줬어. 직원이 가성비가 좋다며 몰도바산 와인을 추천했는데, 나 사실 몰도바가 어디 남태평양 같은 데 있는 섬 이름인 줄 알았거든. 근데 동유럽 루마니아 옆에 있는 나라래. 그 사실을 민망하지 않게 알려주면서 그 사람이 그러는 거야. "유진씨가 몰도바가 섬이라면 오늘부터 섬인 거죠." 언니는 어떻게 생각해? 이 정도면 거의 청혼 아니야?

와인 바에서 나왔을 땐 진눈깨비가 조금 날리고 있었어. 집까지 데려다주고 싶다길래 좋다고 했지. 그 사람이 가져온 우산을 함께 쓰고 집까지 나란히 걸었어. 근데 우리 집 근처 사거리에 도착했을 때 그 사람이 그러는 거야. 마음 같아서는 문 앞까지 바래다주고 싶은데 부담스러울 수 있으니까 오늘은 여기서 헤어져도 괜찮다고. 그러더니 가방에서 작은 접이식 우산을 꺼내 주더라. 우산을 두 개 챙겨 왔나봐.

언니, 나 살면서 이런 남자 처음 봤어.

나는 (당연히) 집 앞까지 바래다달라고 했고, 내가 사는 오피스텔 1층 공동현관에서 다음 약속을 잡았어. 뭐랄까, 존재하지 않는 상상 속 남태평양의 섬을 하나 발견한 듯한 기분? 너무 환상적이어서 덜컥 겁이 나기도 하지만 설렘이 훨씬 커. 어쩌면 진짜 괜찮은 연애는 등산보단 신대륙의 발견에 가까운 건 아닐까.

말이 길었네. 소개팅 주선자에게는 상대방에 대한 호감 여부를 알려주는 게 예의잖아. 아니, 실은 그냥 내가 시시콜콜 떠들고 싶어서 그랬어. 주책맞았다면 술기운 때문이라고 이해해줘.

[3월 8일 오후 12:31]

서준씨는 질문이 진짜 많아. 주로 나에 대한 질문인데 아주 세세하고 구체적이라서 때로는 살짝 당황스러울 정도야.

예를 들어 주제가 음식이라면, 어떤 메뉴를 좋아하는지, 특별히 좋아하는 식재료가 있는지, 알레르기는 없는지, 선호하는 조리 방식이 있는지(굽거나 튀기거나 찌거나), 달걀은 완숙이 좋은지 반숙이 좋은지, 원두는 산미가 있는 게 좋은지 없는 게 좋은지 기타 등등 기타 등등.

그런 것까지 묻느냐고 웃으면 따라 웃으면서 "유진씨에 대해 잘 알고 싶어서요"라고 답해. 느끼한 수작이나 멋부림은 느껴지지 않는 머쓱한 웃음이야. 그 웃음이 귀여워서 나도 또 한 번 웃지. 조금 특이하다 싶지만 귀찮지는 않아. 오히려 황홀하던데? 내가 매혹되어 있는 누군가가 나에 대해 이토록 자세히 알고 싶어하는 기분은.

그러다보니 반대로 내가 서준씨에게 질문할 타이밍을 잡기는 쉽지 않은데, 그조차도 정확한 답을 듣긴 어려워. 한번은 MBTI가 뭐냐고 물어봤더니 "내 MBTI가 뭐였으면 좋겠어요?"라고 되묻는 거야, 글쎄…… 나는 보통 ENFJ들이랑 잘 맞는 것 같아서 그렇게 대답했더니 "그럼 나 오늘부터 ENFJ 할게요" 하더라. 상냥하지만 어딘지 모르게 막연한, 동시에 감미롭기도 한 답변들. 서준씨가 본인에 대해 말할 땐 보통 그런 식이라서, 실은 그 사람을 정확히 알아가고 있는 건지는 잘 모르겠어. 나쁘다는 건 아니야. 누군가에 대한 애정은 약간의 신비로움을 자양분으로 삼고 자라기도 하니까.

[3월 23일 오후 10:42]

방금 서준씨가 우리 회사 앞에 다녀갔어. 나 야근 중이었거든. "얼굴 보고 싶은데 잠깐만 시간 내줄 수 있어요? 오래 방해하진 않을게요. 곤란하다면 편히 거절해주면 좋겠어요"라니, 이런 세기의 젠틀맨을 봤나. 다급하게 쿠션 퍼프를 팡팡 얼굴에 두드리고 내려갔더니 어둑한 회사 로비에 서 있는 그 사람. 두 손에 내가 좋아하는 아인슈페너와 휘낭시에를 들고 환히 웃는 그 얼굴. 그 어떤 에너지 드링크도, 야근 수당도 이만큼의 동기 부여가 되진 못할 거야.

[4월 2일 오후 11:08]

언니언니언니, 나 서준씨랑 사귀기로 했어. 축하해줘!

밥 먹고 커피 마시고 헤어지는 길에, 우리 집 앞 골목에서 그 사람이 묻는 거야. 내일은 연인으로 만날까요? 나 진짜 그때 기절할 뻔했잖아. 가까스로 정신을 부여잡고 염소 소리로 "그…… 그러시죠" 해버렸어. 서준씨는 웃으면서 살짝 안아줬고.

어휴, 지금도 타자 치는 손가락에 땀이 다 나네. 어쩜 고백도 그렇게 멋지게 할 수가 있지? 예전에 인터넷에서 본 '기억에 남는 고백' 글에 딱 비슷한 멘트가 있었거든. 살면서 그런 고백을 받는 사람은 참 좋겠다고 부러워했었는데 그게 내가 될 줄이야. (서준씨가 그 글을 참고한 걸까? 그랬대도 상관은 없어. 오히려 귀엽다.)

실은, 조금 얼떨떨하기도 해. 갑자기 이렇게 연애를 시작한다고? 저렇게 깎은 듯 완벽한 사람이랑? 오랜만인데 잘할 수 있을까? 헤어지게 되면 그땐 어쩌지? 기쁨보다 걱정이 앞서는 건 갑자기 감당하기 힘든 행복을 마주한 사람의 방어기제겠지. 어떤 행복은 불행만큼 당혹스러울 수 있는 거니까.

방금 메시지 왔다. 고맙대. 자기가 잘하겠대. 좋은 꿈 꾸래.

길게 생각하지 말고 지금의 기쁨을 누려야겠어. 내 애인이 좋은 꿈 꾸라면 꿔야지 뭐. 잠이 잘 올지 모르겠지만.

고마워 언니, 이 사람 소개해줘서. 이 은혜를 어떻게 갚으면 좋을까? 소고기라도 사줘야 하는데 언니가 너무 멀리 있다. 한동안 한국에 올 일은 없는 거야? 혹시라도 오게 되면 꼭 얘기해줘. 융숭하게 대접해야 하니까.

[5월 11일 오후 5:17]

아 맞다, 애인이 있다는 거 되게 좋은 거였지? 새삼 감탄하는 나날들이야. 아침엔 잘 잤냐고, 밤엔 잘 자라고 인사해주는 사람이 있다는 거. "점심에 간 냉면집이 더럽게 맛이 없었어"라거나 "지금 하늘에 뜬 구름이 꼭 용가리 치킨 너겟처럼 생겼다" 같은 하찮은 얘기를 나눌 사람이 있다는 거. 그의 손을 잡을 수 있는 거. 껴안을 수 있는 거. 쭈압 하고 찰진 소리를 내면서 뽀뽀할 수 있는 거. 심심할 때 불쑥 전화할 사람이 있는 거. 보고 싶은 전시나 가고 싶은 맛집에 일 순위로 동행할 사람이 있는 거. 지하철 잡아타려고 뛸 때 말고는 쉽게 두근대지 않던 심장이 오랜만에 열심히 작동하는 것을 실감하는 거. 전반적으로 좋은 기분이 종일 지속되는 거. 그런 거.

나 요즘 많이 행복해. 언니 덕분이야.

[6월 7일 오후 6:54]

친하게 지내는 고등학교 무리가 있는데 친구 하나가 오늘 결혼했거든. 식 마치고 우리끼리 커피 한잔하는 자리에 서준이가 데리러 왔어. 잠깐 애들한테 인사시켜 줬지.

그런 거 있잖아. 자고로 친구의 애인을 소개받을 땐 여자들 간의 암묵적인 룰이 있다고 생각하거든. 일종의 연대랄까 품앗이랄까. '내 친구는 좋은 사람이자 매력적인 여성이기에 당신은 내 친구에게 최선을 다해야 한다'는 메시지를 전달할 것. "얘 진짜 인기 많았어요"라든지 "복 받으신 거예요" 같은 멘트를 적절히 사용할 것. 그런데 이번에는 내 친구들도 차마 그 임무를 수행하지 못하더라고. 대신 "어머, 안녕하세요…… 멋있으시네…… 훈남이시당……" 같은 혼잣말인지 인사말인지 모를 말들만 웅얼거렸지. 참 나, 다들 그렇게 표정 관리에 서툴러서 사회생활은 어떻게 한담.

와중에 눈치 없고 거짓말 못하는 친구 하나가(애는 착해) 도저히 참지 못하고 외쳐버린 거야. "와! 만나는 사람마다 유진이가 너무 아까웠는데! 서준씨는 존잘이셔서 너무 다행이에요!" 나머지 애들이 일제히 그애를 째려보는 동안 나는 눈을 질끈 감았어.

근데 그다음에 이어진 서준이의 반응이 좀 뜻밖이었어. "아깝다는 건 어떤 걸 말씀하시는 건가요? 구체적으로 알려주실 수 있을까요?" 흥미롭다는 듯 반짝이는 눈으로, 몸을 앞으로 기울이면서 그러는 거야. 그 눈치 없는 친구조차 말문이 막힌 와중에, 그냥 우리 먼저 일어나겠다 그랬어. 다들 카페 진동벨 소리처럼 어색하게 웃으며 우릴 보내주었고.

어떻게 생각하면 별일 아닌데 이상하게 계속 머릿속에 맴돌아. 서준이는 왜 그랬을까? 정확히 무엇을, 어째서 알고 싶었던 걸까?

[6월 26일 오후 11:08]

서준이는 완벽해. 완벽한데, 그 완벽함이 지나쳐서 어쩐지 기분이 묘해질 때가 있어.

일단은…… 절대로 지도 앱을 보지 않아. 한국에 온 지 얼마 안 됐으니 거의 모든 곳이 초행길일 텐데도 원래 거기 살던 사람처럼 길을 착착 찾아. 보통 서준이가 우리 데이트코스를 정해 오니까, 미리 가는 길까지 다 공부해 오는 건가 싶었지. 근데 갑자기 즉흥적으로 어딜 가게 될 때가 있잖아. 아 맞다, 나 립밤 떨어졌는데 잠깐 근처에 올리브영 들러도 돼? 같은 상황. 그럴 때도 가장 가까운 매장이 여기라면서 단번에 길을 찾더라니까. 단 한 번의 두리번거림도 없이.

좋게 생각하려 했지. 길을 잘 찾는 게 불만일 필요는 없으니까. 근데 지난주였나? 같이 심야 영화 보고 나오는 길에 어둑어둑한 지하철역 상가 통로를 함께 걷는데, 보통 늦은 시간에는 지상으로 나가는 출구들을 막아놓잖아. 어디는 닫혀 있고 어디는 열려 있고 그런 식. 근데 서준이가 "저쪽으로 가면 돼" 하면서 단번에 출구를 찾아가더라고. 역과 역 사이, 길이가 수백 미터는 되는 통로였는데. 아무리 데이트에 만반의 준비를 한다고 해도 특정 지하상가 출구의 개폐 여부까지 외워둘 수는 없지 않아?

서준이의 완벽함이 묘하게 신경 쓰이는 경우는 또 있는데, 감정 기복이 없어. 정확히 말하면 화내거나 당황하는 모습을 못 본 것 같아. 감정 기복 없는 남자, 좋지 물론. 자주 급발진하는 사람과의 연애가 엉망으로 끝난 후엔 그런 남자를 만나길 바라기도 했어. 근데 서준이는 내가 바라던 것과는 좀 차원이 다른 것 같아.

바로 어제 있었던 일이야. 퇴근하고 만났는데 내가 저녁을 못 먹어서 간단히 근처 해장국집에 갔거든. 근데 직원이 뚝배기를 들고 오다가 삐끗하면서 해장국을 살짝 쏟아버린 거야. 서준이가 입고 있던 셔츠 옷소매에 제법 큰 얼룩이 생겼어. 난 너무 놀라서 어머! 소리를 지르고, 직원들도 죄송합니다 소리를 연발하며 물수건을 들고 오고 난리가 났지. 근데 서준이는 하나도 불쾌해하는 기색이 없이 "괜찮아요, 괜찮습니다"만 반복하더라고. 이걸 뭐라고 표현해야 좋을지 모르겠는데…… 입던 옷에 뜨거운 게 튀었으면, 그래서 다칠 뻔했으면 미세하게라도 인상을 쓰거나 싫은 티를 내는 게 일반적인 반응이잖아. 근데 서준이는 상대를 배려해서 불쾌한 기색을 숨기는 게 아니라 정말로 전혀 놀라지 않은 것처럼 보였어. 서준이가 너무 평온하니까 직원이 오히려 더 당황할 정도였다니까. 식당을 나와서 괜찮으냐고, 저 직원 조심성 없이 뭐 하는 거냐고 대신 화를 냈더니 담담하게 한마디 툭 하더라. "사람이 하는 일이 다 그렇지."

지금 내가 느끼는 이 오묘함의 이유가 뭘까. 언니는 어떻게 생각해? 내가 너무 예민한 걸까? 갑자기 닥친 행복에 겨운 나머지 애써 부정적으로 생각하는 걸까? 세상에 이렇게 완벽한 사람이 존재한다는 걸, 그가 나의 애인이라는 걸 믿기 힘든 내 안에서 인지부조화가 일어나는 걸까?

솔직히 이런 고민은 어디 주변에다 말도 못 해. '애인이 요즘 연락이 뜸하다, 여사친이랑 수상하다, 데이트라고 만나도 잠만 잔다' 같은 얘기를 하는 친구들한테 고민 상담이랍시고 어떻게 이런 얘길 하겠어. 그러니까 언니가 좀 이해해주라.

[6월 27일 오전 1:29]

자연어처리와 머신러닝 및 딥러닝을 결합한 대화형 AI 기반의 휴머노이드라니, 그게 무슨 개소리야 언니.

언니가 보낸 메일이 너무 진지해서 하마터면 깜빡 속을 뻔했다. 그러니까 서준이가 뭐…… 말하는 로봇 그런 거라는 거야? 영화나 드라마에 많이 나오는. 근데 이 건 영화도 뭣도 아니잖아. 왜 그래 언니, 이렇게 성의 있 게 농담할 일은 아닌 것 같은데. 언니 그렇게 유머감각 있는 사람 아니었지 않나.

사람 마음 갖고 장난치면 안 되지.

[6월 27일 오후 9:47]

방금 서준이를 만나고 들어오는 길이야. 서준이한테 들은 얘기를 정리해볼게. 언니의 주장과 다른 점이 있다 면 알려줬으면 좋겠어.

맞대. '독점적이며 낭만적인 관계를 위한 반려로봇' 개발에 전 세계 이십 개국이 테스트베드로 선정되었고 한국에는 자기가 파견된 거래. 그 상대가 왜 나냐고 물 었더니 그건 자기도 모른대. 자기는 그저 입력값대로 내 마음을 얻으려고 최선을 다했을 뿐이래.

왜 처음부터 사실대로 밝히지 않았는지 물었어. 아 마 이번 파견의 목표 때문일 거라고 했어. '자기들'이 인 간 사용자가 보기에 이질감을 느끼지 못할 만큼 자연스 러운지, 원활한 소통이 가능한지, 매력적으로 인식되는 지, 그래서 마침내 사용자의 마음을 얻는 데 성공하는 지…… 그런 걸 증명하는 게 중요한 과제였대. 속여서 미안하대. 실망했다면(이라니, 당연하잖아) 그것도 미안하대.

'체험'을 관두고 싶으면 언제든 중단해도 괜찮대. 원하는 만큼만 사용해도 되고, 기한 없이 계속 사용해도 문제는 없을 거래. 그냥 가끔 각국 담당자(아마 한국 담당은 언니겠지)한테 사용 후기나 특이사항을 공유해주면 될 거라고. 본인에게 결함이나 오류가 생기면 한국의 협력업체 직원이 와서 점검해줄 거래.

만약 이 체험인지 뭔지를 관두겠다고 말하면 너는 어떻게 되는 거냐고 물었더니, 아마도 다시 미국으로 보내질 것 같다고 했어. 이론적으론 포맷 비슷한 걸 하게 될 경우 재사용도 가능하겠지만, 자기의 외형이 내 인스타그램 팔로우 목록에 있는 남자 연예인들을 본떠 만들어졌기 때문에(이런 거 맘대로 가져다 써도 돼?) 다른 사람을 위해 재활용되긴 힘들 거라고. 그래서 아마 미국에서 처분될 거라고. 자기는 인간과 같은 지위를 갖고 있지 않으니 항공기 화물칸에 실려 갈 것 같다며 씁쓸하게 웃더라.

그애가 스티로폼과 뽁뽁이 비닐에 싸인 채 수하물 직원에 의해 덜컹대며 운반되는, 일종의 벌칙을 받을 모습을 상상하니 괘씸함이 아주 조금 해소되는 기분이긴 했어. 하지만 글쎄, 그 정도론 턱도 없지. 내가 담담해 보이겠지만 지금 손이 떨려서 오타를 많이 내는 중이야. 이 메일보다는 정신건강의학과 초진 문진표를 쓰는 게 우선 아닐까 싶기도 한데…… 이 모든 게 나의 망상이 아니라는 전제로 언니한테 물을게.

왜 나였어? 좋은 꿈인 줄로만 알았던 이 악몽에 날 끌어들인 이유가 뭐야? 우리 학교 다닐 때 그렇게 친하지도 않았잖아. 언니 나한테 오랜만에 연락한 거였잖아. 근데 나한테 대체 왜.

납득 가게 설명해줘. 언니에겐 그럴 의무가 있어.

[7월 2일 오전 2:45]

우리 아빠가 작명소에서 내 이름을 '유진'으로 받아왔을 때, 엄마는 솔직히 처음부터 맘에 쏙 들진 않았대. 너무 흔한 이름이라고. 아빠는 평범하고 무난하게 사는 게 최고라면서 엄마를 설득했댔어. 어쩌면 출생신고서에 이름이 적힌 순간부터 내 운명은 결정된 건지도 모르지.

'알고 있는 사람 중에 가장 평균적인 한국 여자라서.' 언니가 제시한 이유라는 게 우습게도 꽤 그럴듯하다 싶었어. 평균이라는 단어를 '평범'이나 '흔함', '어디에나 있음'으로 바꿔봤더니 더욱 이해하기 쉽더라.

언니 말이 맞아. 난 어떤 주제의 그래프를 그려도 중간쯤에 위치할 것 같은 사람이야. 많지도 적지도 않은 나이, 크지도 작지도 않은 키, 유난스러운 구석이 없는 외모. 대기업도 구멍가게도 아닌 적당한 규모의 회사에 다니면서 넉넉하지도 쥐꼬리만 하지도 않은 월급을 받고, 그 돈으로 한국 인구의 절반이 사는 수도권에 주민세를 납부하는 소시민. 길거나 짧은 연애를 몇 번 해봤고, 사랑에 적당히 울거나 웃어본 적 있는 이성애자 여자. 주변 친구들의 절반쯤은 결혼을 했고 그 절반쯤이 아이를 낳는 모습을 보면서 나는 어떡할지 상상하다가, 주변에서 들려오는 '출산 육아 경력단절 시월드 가사노동' 같은 키워드에 고개를 절레절레 저었다가, 곧잘 사는 기혼 친구들의 모습에 '그래도 좋은 사람 있으면 한 번은 해볼까' 끄덕끄덕했다가, 난자 냉동이 필요한 나이까진 몇 년이나 남았는지 괜히 한번 세어보는 한국의 싱글 여성.

솔직히 좀 재밌기도 해. 내가 너무 평범한 사람이라서 이렇게나 희귀한 일을 겪게 되었다는 사실이 말이야. 지금 내가 느끼는 혼란스러움과는 별개로.

그동안 이런저런 생각을 했어. 변호사 상담을 받아볼까, 경찰에 신고를 할까. 근데 그러려면 내가 입은 피해를 입증해야 하잖아. 내가 무슨 피해를 입었지? 이제 소개팅에서 맘에 드는 상대가 나오면 로봇이 아닌지 의심부터 하게 생겼다고 할까? SNS 팔로워 리스트가 남용되어 수치심을 느꼈다고 할까? 그 모든 게 어쩌면 한동안 누리던 달콤함이 갑자기 중단된 데 대한 생떼는 아닐까. 공짜로 얻은 아이스크림을 먹다 뺏긴 아이처럼.

서준이랑은 시간을 갖고 있어(이 미친 상황에 비하면 너무 고상한 표현이네). 서준이는 여전히 잘 잤냐고, 잘 자라고, 점심 맛있게 먹으라고, 오늘 비 온다니까 우산 꼭 챙기라고 메시지를 보내. 성실하고 꾸준하게, 마치 제시간에 꼬박꼬박 도착하는 쇼핑 앱 푸시 메시지처럼. 계속 무시하다가 한번은 짜증이 확 나서 답장을 했어. 이것도 프로그래밍된 거냐, 이러면 여자가 좋아한다고 정보의 바다에서 입수한 거냐 쏘아붙였지. 그랬더니 평소보다 살짝(그래봤자 한 이 분 정도?) 늦게 답을 보내더라. "기분 나빴다면 미안해." 그걸 보는데…… 우습게도 맘이 좀 짠하더라고. 걔한테 무슨 죄가 있겠어. 만든 사람들이 문제지.

잘 생각해보고 결정해서 알려달라는 언니의 말은 사뭇 뻔뻔하게 느껴지지만, 일단은 알겠어. 나도 지금 당장 서준이와 완전히 헤어질(이것도 웃기는 표현이다) 자신은 없으니까.

[7월 12일 오전 12:39]

엊그제는 내 생일이었어.

언니한테 생일축하 따위를 바라고 하는 말은 아니고, 서준이를 만났거든. 친구들이랑 놀고 집으로 돌아오는 길에 집 근처 사거리에서 기다리고 있더라고. 뻘쯤하게 미소 짓는 그 얼굴을 보니까…… 솔직히 조금 반가웠어. 내 안의 무언가가 푸시식 힘없이 꺼지는 기분이랄까, 스르륵 풀리는 기분이랄까. 내 퇴근길 동선에 맞춰서 기다리고 있었대. 집 앞에서 기다리는 건 예의가 아니니 이쯤에서 기다렸다는데 무슨 차이인지는 잘 모르겠고, 내 퇴근 시간에 맞춰 기다렸다니까 한 네다섯 시간 그 자리에 가만히 서 있었던 거지. 멍청하고 인내심 강한 로봇 같으니.

시간도 늦었고 길가에서 오래 말하기도 뭐해서 서준이를 데리고 우리 집으로 갔어. 걔 손에 꽃이랑 케이크랑 그런 것들이 한가득 들려 있었거든. 능숙하게 촛불을 켜고 생일축하 노래를 불러주는 서준이를 보니 어이가 없어서 웃음이 나더라. 하긴 어려운 일은 아니겠지. 세상에는 생일축하 동영상만 수억 개가 있고, 걔 그걸 모조리 본 것이나 다름없을 테니까.

서준이에게 물었어.

─왜 내 생일을 축하해주는 거야? 내가 너를 원할지 안 원할지도 모르면서.

─생일은 인간들에게 특별한 거잖아. 나한텐 없고 너에겐 있는 거.

─넌 생일이 없나?

─응. '태어남'의 기준을 뭘로 잡을지 애매하니까. 공장 출고일로 해야 할지, 최초 부팅일로 해야 할지, 시스템 설치일로 해야 할지.

─그러네.

─무엇보다 '우리'에겐 그런 게 중요하게 여겨지지 않으니까. 근데 인간들의 생일은 중요하잖아. 모두의 합의와 믿음에 의해 중요해진 것이 있다면 그건 너에게도 중요할 테니, 축하를 해주고 싶었어. 그게 널 행복하게 만들어줄 것 같아서.

그건…… 내가 살면서 받아본 가장 독창적인 생일축하 인사였어. 꺼진 촛불에서 피어오르는 몇 줄기 연기를 멍하니 바라보고 있는데 서준이가 묻더라. 소원 빌었어? 소원 빌어야 하는 거 아냐? 뭐든 대충하지 않는 로봇 덕분에 피식 웃으며, 나는 눈을 감고 속으로 기도했어.

'이 이상한 존재에 너무 빠져들지는 않게 해주세요.'

그날 서준이는 우리 집에서 자고 갔어. 그애의 정체를 알게 되기 전, 우리가 평범한 연인이라 믿던 때에 종종 그랬던 것처럼.

일단은 서준이를 수거하지 말아줬으면 좋겠어.

[7월 23일 오전 3:04]

나는 산타를 늦은 나이까지 믿은 편이야. 초등학교 5학년 겨울까지 믿었으니까.

내가 받은 마지막 크리스마스 선물이 뭐였는지도 기억하거든. 십자수 만들기 세트였어. 나의 소원은 그해에도 산타 할아버지를 가장한 부모님에게 무사히 접수되었고, 원하던 대로 25일 아침에 머리맡에 놓인 십자수 세트를 발견하고 방방 뛰었지. 근데 전에는 떠올린 적 없는 의문이 그제야 고개를 든 거야. 우리 집에는 굴뚝도 없고 할아버지에겐 현관 열쇠도 없을 텐데, 할아버지는 어떻게 이렇게 매년 다녀가시는 걸까?

나의 의아한 혼잣말을 듣던 엄마가 기습적으로 진실을 폭로해버린 거지. 그 망설이던 표정과 목소리까지 다 기억나. 유진아, 사실 산타 할아버지는 엄마랑 아빠야.

엄마는 아마 내가 친구들 사이에서 순진하다고 놀림

당하는 걸 걱정했던 것 같아. 매해 계속 선물을 챙겨주는 게 부담스러웠을 수도 있고. 이유야 어쨌든 충격받은 나는 사흘 밤낮을 펑펑 울었어. 당연하지. 산타클로스라는 세계가 무너지는 순간부터 아이는 더 이상 아이일 수 없는 거잖아.

근데 내가 받은 선물 말이야. 그게 추운 나라에 사는 인심 좋은 할아버지가 순록이 끄는 썰매를 타고 밤새 달려와서 두고 간 선물이 아니라, 며칠 전에 엄마가 마트에서 바코드 찍고 카드로 계산해 온 공산품이었다고 해도, 그 십자수 세트까지 싫어지지는 않더라. 진실을 알고 나서도 십자수는 여전히 재밌었고 나는 그 선물을 좋아했어.

그러니까…… 나는 지금 스스로에게 변명을 하고 있는 거야. 어쩌면 서준이를 계속 좋아해도 되는 거 아닐까? 그애가 혈액이 돌고 산소로 호흡하는 나와 같은 종의 고등생명체가 아니라, 자연어처리와 머신러닝 및 딥러닝을 결합한 대화형 AI 기반의 휴머노이드라고 해도, 내가 그 충격을 감당할 수만 있다면 계속 그애를 좋아해도 문제없는 거 아닐까?

[8월 5일 오후 7:42]

서준이가 우리 집에 들어왔어.

언제나처럼 밥 먹고 카페 갔다가 헤어지는 길에 물었거든. 너는 이제 어디로 가? 지금까진 어디서 지낸 거야? 자긴 전기 충전 외에 아무것도 필요하지 않아서 회사가 장기 예약해둔 캡슐호텔에서 묵었다더라고. 굳이 그럴 거 있나 싶어서 우리 집에서 지내라고 했지. 서준이의 충전을 위한 약간의 전기료 정도는 내가 부담할 수 있으니까. 서준이가 걱정스러운 표정으로 "한국에선 아직 동거의 사회적 인식이 좋지 않은데 괜찮아?"라고 묻길래 그런가? 했다가, 어차피 걜 만나는 것부터 한국 사회의 규범에 딱 들어맞는 일은 아니라서 상관없다고 답했어.

요즘은 내가 출근 준비를 할 때 서준이가 간단히 아침을 차려줘. 커피랑 과일이랑 식빵이랑 그런 거. 어떤 날은 늦어서 안 먹겠다고 하면 현관에서 방울토마토 하나라도 입에 넣어주고. 간헐적 단식을 하려는 게 아니라면 아침 식사가 이롭다는 연구가 너무 많기 때문에 아침은 꼭 먹어야 한다나.

저녁은 밖에서 만나 먹고 들어갈 때도 있고, 깔끔하게 정돈된 집에서 서준이가 차려주기도 해. 서준이가 한 요리들은 대체로 아주 맛있는데, 아마 계량과 조리 시간을 칼같이 지키기 때문이 아닐까 싶어. 누군가와 마주 앉아 집밥을 꼬박꼬박 먹는 게 처음엔 되게 어색했거든? 지금은 그럭저럭 적응했어. 서준이는 맛도 못 느끼고 먹을 필요도 없으면서 자기가 한 음식을 되게 맛있게 먹는다? 그게 신기해서 한번은 어떤 원리냐고 물어봤지. 뭐 화장실에서 자기 몸을 열어 섭취한 음식물이 담긴 통을 비운다는데, 그걸 알려주는 서준이는 어쩐지 조금 창피해하는 것 같아서 물어보지 말걸 싶었어. "마주 보고 앉아서 같이 맛있게 먹어주는 게 좋지 않아?" 묻길래 그렇다고, 고맙다고 했어.

밤에는 함께 텔레비전을 보거나, 캔 맥주를 마시거나, 서준이의 팔을 베고 이런저런 얘길 떠들거나 해. 한번은 집에 있던 보드게임을 꺼내봤는데 내가 0퍼센트의 승률로 처참히 패배해서 깊은 곳에 다시 처박아뒀어. 내 실망한 얼굴을 본 서준이가 '적당히 져줄걸 그랬나'라는 듯 낭패스러운 표정을 짓는 건 좀 귀여웠지만. 갑자기 밤 산책을 하고 싶거나 근처 포장마차 우동이 먹고 싶을 땐 서준이를 데리고 나가기도 하고. 혼자일 땐 밤길이 무서워서라도 굳이 하지 않았던 일들이지. 짜증이나 귀찮음이라는 감정을 모르고, 명령어를 수행하는 데에만 최적화되어 있는 애인이 있다는 게 이럴 땐 얼마나 유용한지 몰라.

이렇게 쓰고 보니 약간의 전기료를 지불하는 대가치고는 만족도가 꽤 높네.

[8월 19일 오후 5:03]

낮잠을 자다가 깨서 옆을 보니 서준이가 침대에 없는 거야. 꿈이었나? 놀라서 두리번거리는데 내 책상에 앉아 있더라. 책장에 꽂힌 책들, 벽면에 붙은 엽서와 포스터들, 친구들과 찍은 셀프사진, 그런 것들을 응시하고 있었어. 마치 미술관의 관람객처럼 고요하고 유심하게. 어쩐지 방해하면 안 될 것 같아서 나도 그 뒷모습을 한동안 바라봤어. 저 동그란 뒤통수 안에서는 세상의 모든 지식이 나노초 단위로 업데이트되고 있겠지? 모르는 게 없는 내 애인은 지금 무슨 생각을 하고 있을까?

내 기척을 느꼈는지 서준이가 돌아보더니, 나를 향해 활짝 웃으며 두 팔을 벌렸어. 왠지 안심되는 기분으로 다가가서 물었지.

ㅡ뭐 하고 있었어?

ㅡ널 공부하고 있었지.

ㅡ공부?

ㅡ응. 이런 정보 하나하나가 내겐 유용하거든. 너의

취향, 관심사, 인간관계, 알고 있는 지식의 범위 등등.

―지식의 범위? 치, 넌 모르는 게 없다 이거지?

―아니. 난 너를 다 모르잖아.

―아하.

―너를 최대한 알고 싶어. 넌 내가 가진 지식의 유일한 공백이거든. 그래서 넌 어렵고 불가사의하고 아름다워. 난 매일매일 수집한 너에 대한 데이터를 충실히 반영해서, 하루하루 더 나은 버전의 연인이 될 거야. 그래야 네 옆에 오래 머물 수 있을 테니까.

어때? 꽤 독창적인 사랑 고백이지? 곧이어 "통신 자료나 의료 기록, 금융거래 내역 등의 전산 정보에 접근하면 일이 훨씬 쉬워지겠지만 불법적인 일은 하지 않는다는 게 회사의 방침이야" 같은 멋대가리 없는 말을 덧붙이는 바람에 감동은 오래가지 못했지만.

그애가 가진 지식의 유일한 공백. 며칠이 지난 지금도 저 말이 종종 떠올라. 이런 종류의 사용 후기는 언니의 일에 별 도움이 안 되겠지만…… 그래도 누군가에게 말하고 싶었어.

[9월 13일 오후 3:14]

환절기 독감에 걸려서 며칠 앓느라 메일이 뜸했네.

온종일 이불 안에서 끙끙거리다가 이제야 정신이 돌아왔어. 나 서준이가 없었으면 너무 서러울 뻔했잖아. 서준이는 독감을 포함한 어떠한 전염병도 옮지 않으니까 미안함 없이 당당하게 간호를 받을 수 있었거든. 내가 아플 때 누군가 이마에 물수건을 얹어주고 죽을 끓여주는 게 얼마 만이더라? 걱정스럽게 내려다보는 얼굴을 보는데 묘하게 기분이 좀 좋은 거야. 몽롱한 와중에도 히죽히죽 웃었던 것 같은데 이상해 보이진 않았으려나.

서준이는 강해. 안 아프고, 안 옮고, 안 취하고, 안 지치니까. 고통에 둔감하고, 추위나 더위에 둔감하고, 스트레스에 둔감하지. 서준이 옆에 있으면 내가 이렇게 연약한 존재였나 싶어질 때가 많아. 그치만 괜찮아. 걔라는 보호막 안에서 마음껏 약해져도 되니까.

[9월 26일 오후 1:46]

언니가 보낸 몇 가지 질문들에 답을 해줄게. 이번엔 언니의 업무에 도움이 되기를 바라며.

〈인간답지 않아 호감도를 감소시키는 상대의 행동이나 버릇이 있는가?〉 글쎄. 종종 묻지도 않은 정보를 늘어놓거나, 리액션을 할 때 공감해주기보단 팩트부터 나열할 때가 있긴 한데…… 사실 인간들 중에서도 그런 사람 많잖아. 아, 별건 아닌데 내 사진을 찍어줄 때 말고는 절대 핸드폰을 안 보는 건 좀 신기하긴 해. 핸드폰을 쓰는 게 자기한텐 대단히 자존심 상하는 일이라나 뭐라나. 서준이가 걸어가거나 쉴 때 한 번씩 핸드폰을 들여다본다면 더 사람다운 바이브가 연출되겠지만, 뭐 그건 알 없는 안경처럼 패션 같은 거니까.

〈성능이나 사용법과 관련하여 개선했으면 하는 부분이 있는가?〉 음, 충전 시간이 좀 더 짧아지면 좋겠어. 같이 밤늦게까지 놀고 싶은데 자기는 꼭 여덟 시간 풀로 충전해야 한다고 얌전히 충전기 꽂고 잠자리에 눕는 모습을 보면 살짝 아쉽고 얄미워. 참, 충전단자 위치를 옆구리 말고 팔뚝이나 손목으로 옮기는 건 어때? 그럼 링거 맞는 것처럼 더 자연스러워 보일 것 같은데. 쓰다보니 계속 생각나네. 갑자기 불러도 묵묵부답 십 분 정도 멍 때리다가 "펌웨어 업데이트했어" 한마디 하는 건 아직 적응이 안 되는데, 업데이트 같은 건 잘 때 하면 안 될까?

〈성생활에 대한 만족도는?〉 흠, 어디서 이렇게 각 잡힌 질문을 받아본 적이 없어서 부끄럽긴 한데…… 성능에 만족한다고만 말해둘게. 학습과 응용이 대단히 빠른 로봇이더라고. 이 부분은 더 고칠 것 없이 이대로면 되겠어.

〈상대에 대한 종합적인 만족도를 1부터 5까지 점수로 매긴다면?〉 글쎄, 4.9점? 0.1점은 마지막 자존심 같은 거야.

[10월 15일 오후 11:07]

서준이랑 처음으로 다퉜어. 이런 것도 다툰 거라 할 수 있을지 애매하긴 한데.

내 로망 중 하나가 애인이랑 향수를 나눠 쓰는 거였거든. 같이 수제향수 만들기 클래스에 다녀왔어. 난 우리 손으로 직접 만든 향이 맘에 쏙 들었는데, 서준이는 공방을 나서자마자 찬물을 끼얹더라고. 뭐라더라? "인간의 손으로 배합하고 품질 검수도 안 된 향수보다는 전문 설비에서 정확하게 생산된 향수가 믿을 만할 것이다", 대충 그런 AI스럽고도 재수 없는 말이었는데 그게 왜 그리 듣기 싫었는지 모르겠어. 길가에 서서 막 열불을 냈지. 내가 행복해하면 됐지 그걸 꼭 그렇게 따져야겠느냐, 낭만적인 관계를 위한 반려로봇이라더니 이렇게 낭만이 없어서 되겠느냐, 내가 원한 건 '완벽한 향'이 아니라 '세상에 하나뿐인 우리만의 향'이었다, 그 멋짐을 모르는 너야말로 믿음직하지 않은 애인이다……

말이 너무 심했나 싶어 잠깐 멈칫한 사이에 서준이가 사과하더라고. 네 마음을 헤아리지 못해서 미안하다, 네가 품질 좋은 향수를 가졌으면 해서 한 말이었지만 그조차 나의 편견일 수 있겠다, 내 존재는 너의 행복을 위함인데 그걸 잠깐 잊었다, 앞으론 네가 원하는 일에 쓸데없이 토를 달지 않겠다.

봐봐, 화난 여자친구에게 할 수 있는 황당할 만큼 이상적인 반응이잖아. 와중에 얼굴은 왜 또 진심으로 뉘우치는 표정이고 난리람. 괜히 가만있는 전봇대에 짖어댄 성질 더러운 치와와가 된 기분이었어. 뻘쭘해서 "연애 참 잘하네" 했더니 그게 또 칭찬인 줄 알고 환히 웃더라. 하여간 골치 아픈 애야.

맞는 말이야, 서준이는 연애를 잘해. 아마도 내 역대 애인들 중에 제일 잘하지 않을까? 그럴 수밖에. 세상의 모든 연애 이론과 사례를 알고 있으면서, 오직 나를 사랑하기 위해서만 사고하고 동작하는 존재이니까. 그 사랑은 입력된 채 변하지도 바뀌지도 않아서 언제나 가장 충실한 수준을 유지한다는 게 가끔 기적처럼 느껴질 때가 있어. 언니도 알잖아, 변수투성이인 이 세상에서 상수를 발견하는 게 얼마나 귀한 일인지. 지난 남친들의 사랑을 끊임없이 확인받고 싶어서 조르고 시험하고 투정 부리던 과거의 내가 전생처럼 아득해.

서준이에게 가끔 장난삼아 물을 때가 있거든. 너는 내가 왜 좋으냐고. 그러면 평소엔 그렇게 말을 잘하는 애가 우물쭈물 바로 대답을 못한다? "그렇게 입력됐기 때문"이라고 답하고 싶진 않은가봐. 한참 고민하다가 겨우 하는 말이 "그냥 너라서"인데, 뜻이야 어쨌든 간에 그 답변 자체는 제법 인간스럽지? 이건 좀 웃긴 고백인데, 그럴 때 서준이가 짓는 난처한 표정을 난 사랑해.

[11월 9일 오후 8:43]

엄마 아빠를 사랑하지만 그분들과 통화하는 건 피곤한 일이야. 별로 안 궁금한 트로트 스타의 새 앨범 소식도 들어줘야 하고, 생활습관에 대한 각종 잔소리도 방어해야 하고, 내 애인에 대한 호기심도 적당히 채워줘야 하니까. 어른들은 왜 그렇게 자식의 연애에 관심이 많은 걸까? 언젠가 혼주석에 앉을 수 있으리란 희망의 증거가 되기 때문일까? 오늘도 엄마가 맛있는 거 해주겠다고 남자친구 한번 집에 데려오라기에 "맛있는 건 지금도 우리끼리 잘 사 먹어" 대꾸했다가 한소리 들었어.

서준이가 우리 부모님을 만났을 때의 대처가 걱정되진 않아. 오히려 그 반대지. 서준인 어딜 갖다놔도 멀쑥

한 사람(처럼 보이는 로봇)이니까. 그냥, 난 부모님을 필요 이상 기대하게 만들고 싶지 않아.

비슷한 종류의 기대감을 친구들 사이에서도 느낄 때가 있거든. 서준이를 소개하거나 그애에 대해 말할 때 뭔가 더 진전된 소식을 바라는 눈빛들을 감지하곤 해. 글쎄, 우린 굳이? 적당히 웃으며 넘기면 더 묻진 않지만 말이야.

우리가 오랫동안 함께한다 해도 서준이와 내가 법적 테두리에 묶이기는 힘들겠지. 기대도 안 해. 그런 걸 기대하는 게 좀 촌스러운 것 같기도 하고. 혼인신고가 가능한 커플의 기준이 세상에 실존하는 커플에 비해 얼마나 좁고 뻔한지 생각하면, 거기에 끼지 못한다고 아쉬워할 필요는 없겠다 싶어. 다만…… 가끔은 '안 하는 것'과 '못 하는 것'의 차이에 대해서 생각해. 그럴 땐 조금, 아주 조금 서글퍼져.

[12월 14일 오전 1:19]

언니는 지금 회사에 만족해? 따지고 보면 언니도 한낱(좀 무례한 표현인가, 근데 맞잖아) 직장인이니. 거기도 사람 사는 데니까 꼰대도 있고 또라이도 있고 하려나? 우리 회사엔 두 가지를 합친 무적의 악당이 있거든. 그

유구한 지랄의 역사는 다 말하자면 길고, 내 회사 생활을 암담하게 만드는 일등 공신이라고만 설명할게.

다행인 건 서준이와 함께한 후로 그 인간 때문에 받는 스트레스가 현저히 줄었다는 거야. 물론 서준이가 만화 속 정의로운 '로보트'처럼 악당을 무찌르거나 하진 않지. 현실은 여전히 자주 거지 같고, 악당에게 속수무책으로 시달린 나는 자주 그로기 상태가 돼. 예전과 달라진 점이 있다면 그런 하루의 끝에 서준이가 있는 집으로 돌아간다는 거. 우리 둘뿐인 이 공간에는 바깥의 혼돈과는 상관없는 평화로운 시간이 느릿느릿 흘러. 서준이는 기진맥진한 나를 안고 천천히 토닥거려주지. 처음 그애에게 반하게 했던 긴 손가락으로 내 머리칼을 쓸어주고, 모공 같은 건 보이지 않는 매끄러운 볼을 내 이마에 갖다대며 애정과 격려의 말을 속삭여줘. 언제나 36.5도라서 추울 땐 따뜻하게, 더울 땐 시원하게 느껴지는 몸. 나는 그 품에 안겨 천천히 숨을 고르기만 하면 돼. 노곤한 기분으로 그애의 가슴에 귀를 대고 있으면…… 심장 소리 대신 미세한 기계 소리가 저 멀리 깊은 데서 들려와. 뭐라 속삭이는 것처럼. 위잉, 위잉.

그럴 땐 새삼 신기한 거지. 이 부드러운 피부 아래 흐르는 게 붉은 피 대신 전류라는 게, 나와 완벽히 교감하는 이 존재가 나와 완전히 다른 무언가라는 게. 그애 안에서 벌어지는 일들을 난 영원히 이해할 수 없을 거야. 나는 결코 이해할 수 없는 상대에게 이토록 온전히 받아들여질 수 있나? 아니, 애초에 이해하지 못하면서 이만큼 사랑할 수가 있나? 그런 의문이 들기도 했었는데, 생각해보면 인간과의 사랑은 뭐가 그리 다를까 싶어.

사랑의 유의어를 열정이라 여길 때가 있었거든. 틀렸어. 사랑의 유의어는 위안이야. 요즘 내 위안은 서준이고.

[1월 22일 오후 7:58]

올해 CES국제전자제품박람회에서 언니 회사 로봇들 공개한 거 봤어. 이거 땜에 많이 바빴겠다 싶더라. 뉴스 기사 댓글 란에 온갖 부정적인 글들이 넘쳐나던데 회사 홍보팀이 고생 많겠다. 내가 본 것만 해도 '인간의 자리를 로봇이 차지한다면 인간들은 어떻게 되겠냐' '자연의 섭리를 거스르는 일이다' '이게 웬 출산율 떨어지는 소리냐' 등등 참 다양하더라고. 하긴 반려로봇이라는 개념이 처음부터 선뜻 받아들여지긴 쉽지 않겠지. 당장 지구가 멸망할 것처럼 난리가 난 것도 이해가 안 되는 건 아니야.

그 이후로 서준이는 조금 울적해 보여. 그 댓글들은

다름 아닌 자신에 대한 비난이기도 하니까. 원하든 원치 않든 세계 각국의 네티즌 반응을 남김없이 파악해버리는 그애의 능력이 이럴 땐 좀 가혹하다 싶어.

다음달에는 휴가 쓰고 부산으로 여행이나 다녀오려고. 서준이 기분전환도 시켜줄 겸, 우리 만난 지 1주년 기념도 할 겸(시간 빠르지?). 서준이가 비행기를 못 타니까 육로로 갈 수 있는 가장 먼 여행지를 고른 거야. 부산은 겨울에도 예쁘니까.

언니는 한동안 바쁘겠다. 힘들겠지만 화이팅.

[2월 15일 오전 01:45]

부산은 확실히 따뜻하네. 지금 서준이는 자(면서 충전하)고 있고, 난 잠이 안 와서 태블릿을 깨작거리는 중. 여기 숙소가 되게 좋아. 서준이가 0.5초 만에 최저가를 찾아 예약해준 호텔인데 야경이 엄청 멋있어.

낮에는 온수풀에서 수영을 했어. 서준이는 수영도 잘하더라. 예전에 아이돌 안무 영상을 보다가 따라 해달라고 했을 때도 곧잘 추던데(그때 웃겨서 기절할 뻔했잖아), 아마 신체 동작을 스캔하는 능력이 좋은가봐. 언젠가 같이 더운 나라로 여행을 가도 좋겠다 싶어. 서준이는 수영도 잘하고 외국어도 잘할 테니까.

친구가 추천해준 양곱창 집에서 저녁을 먹고, 괜찮은 바에서 분위기도 잡고, 호텔로 돌아와선 파티도 했어. 웬 파티냐고? 우리가 만난 지 벌써 1주년이라고 내가 말했던가?

실은 있잖아, 난 그애의 생일을 챙겨주고 싶었어. 생일이 언제인지 애매하다면 그냥 정해버리면 되는 거 아닌가 싶더라고. 여자친구의 직권으로 '우리가 처음 만난 날이 곧 서준이가 태어난 날'이라고 의미부여를 해버린 거야. 유치하지? 연애가 다 그런 거지 뭐.

다행히 서준이는 많이 좋아했어. 감격스러운 표정으로 케이크 촛불을 불어 끄고, 두 손을 꼬옥 모아 소원도 빌던데? 자기도 해보고 싶었던 걸까? 무슨 소원 빌었냐고 물었더니 씩 웃으면서 알잖아, 하더라. 선물로 팔찌도 줬어. 변치 않는 무언가를 선물하고 싶었는데 반지는 뜻이 좀 부담스럽고, 서준이 성격상 그 뜻을 딥하게 받아들일 것 같아서 팔찌로 했지. 어색해하면서도 손목을 이리저리 돌려보며 기뻐하더라. 절대 안 뺄 거래. 저렇게 좋아하는데 선물 좀 자주 해줄걸 싶어서 어쩐지 미안하더라고. 앞으로 매년 챙겨줄 테니 걱정 말라고 했더니 서준이가 활짝 웃었어. 앤 가끔 가슴이 아릴 만큼 예쁘게 웃어.

[2월 16일 오전 12:39]

오늘이 부산에서의 마지막 날인데 일이 좀 있었어.

저녁에 요트 투어를 예약해놨었거든. 갑판 위에서 불꽃놀이도 하고 불 켜진 광안대교도 가까이서 보고 싶어서. 근데 선착장에서 승선 직전에 신분증 검사를 하는 거야. 출항 신고인가 뭔가를 해야 해서 그렇대. 직원이 신분증 사진이라도 찍어둔 게 없냐고 묻는데 서준이한테 그런 게 있을 리 없잖아. 다른 승객들은 빤히 쳐다보지, 직원은 신분증이 없으면 탑승이 어렵다고 난감해하지…… 서준이가 예약할 때 이런 걸 놓쳤을 리가 없는데 어찌된 일이냐고 물었더니, 요트 업체마다 신분증 검사를 대충 하거나 건너뛰기도 한다는 후기들이 있어서 괜찮지 않을까 싶었대. 그리고…… 내가 요트를 너무 타고 싶어하는 것 같아서 토를 달고 싶지 않았대(향수 공방에서의 교훈을 지나치게 명심한 모양). 지금도 너무 속상해. 요트는 안 타도 되는데 서준이가 풀이 너무 죽었어.

그래서 어떻게 했냐고? 요트 위에서 샴페인 잔 부딪치는 건 포기하고 광안리 백사장에 앉아서 편의점 캔맥주나 땄지 뭐. 그래도 밤바다는 예쁘더라. 가까이서 보고 싶었던 광안대교는 저 멀리 수평선에 걸려 반짝거리고, 해변에는 둘 셋씩 짝지은 사람들이 걷거나 파도와 술래잡기를 하거나 불빛을 배경으로 사진을 찍고 있었어. 하나같이 행복한 얼굴들을 하고서. 그 모습을 바라보며 생각했지. 저들 중에 몇 명이나 자신의 가장 중요한 무언가를 세상으로부터 숨기고 있을까? 저마다의 비밀을 조용히 품고서 아무것도 모르는 척 웃고 있을까? 과연 저들 중에서 몇 명이나, 세상에 존재하지만 존재하지 않을까?

추워서 코를 훌쩍거리는 나와 다르게 서준이의 옆모습은 미동이 없었어. 한동안 조용하다가 혼잣말처럼 그러더라.

—광안대교는 1994년 12월에 착공해서 2003년 1월에 개통했는데 지어질 당시에는 부산 사람들이 엄청나게 반대했다네. 주변 경관을 해친다, 건설비가 비싸다, 필요하지도 않은 고철 덩어리를 뭐 하러 만드느냐 같은 여론이 대다수였대. 근데 봐, 지금은 모두에게 사랑받고 있지. 저게 없는 이 도시는 상상할 수 없을 만큼.

나는 대답했어.

—'너희'도 그렇게 될 거야.

서준이는 다시 말이 없었어. 파도 소리 덕분에 그 뒤

로 이어진 침묵이 어색하진 않았어. 그때 좀 궁금해졌어. 한때 모두가 미워했던, 그리고 지금은 지극히 사랑받는 빛나는 무언가를 바라보는 서준이는 어떤 마음일까? 부러울까? 두려울까? 외로울까?

그 옆모습을 바라보다가 문득 깨달았던 것 같아. 서준이에 대한 나의 사랑을 완성하는 것은, 그애의 완벽함이 아니라 결핍과 불안이라는 걸.

[2월 20일 오후 4:26]

역시 휴가 후에 돌아오는 주말이 제일 달다. 서준이는 웬일로 낮잠을 자네. 로봇도 여독이란 걸 느끼나? 내일이 출근인 것만 빼면 평화로운 일요일이야. 이럴 땐 다음 휴가 계획을 세우면서 견디는 수밖에. 양양 같은 데서 서핑이나 배워볼까? 서준이는 서핑도 곧잘 하겠지?

언니 회사 로봇 1차 출시국 발표했더라. 한국도 포함됐던데. 머지않은 미래에 제품 후기를 나눌 사람들이 생길 수도 있다고 생각하면 왠지 긴장되는 기분이야. 오히려 어떤 면에서는 편해질 것 같기도 하고. 별 탈 없이 잘 진행되기를 응원할게. 어쩌다보니 본의 아니게 언니 회사랑 운명공동체가 된 기분이네. 주식이라도 사야 하나. 하하.

[2월 22일 오후 7:14]

언니, 서준이가 좀 이상해.

오늘 오전부터 평소처럼 지내다가 한 번씩 "체험 종료까지 일주일 남았습니다. 담당자에게 문의하세요"라는 말을 하는데…… 인간의 틱 증상 비슷하다고 하면 이해가 쉬울까? 사십 분에서 한 시간 정도 간격으로 저런 증상이 나타나는 것 같아. 뭔가 오류가 발생한 것 같은데 조치해줄 수 있어? 한국에 협력업체 직원이 있다고 했던 것 같은데 그쪽 연락처 나한테 바로 줘도 되고.

서준이도 많이 불안해하는 중이야. 빨리 좀 답장 주라.

[2월 23일 오전 7:26]

그래. 무슨 말인지는 이해했어. 서준이한테도 빨리 알려. 설마 내가 직접 말해야 하는 건 아닐 거 아냐.

[2월 23일 오후 9:54]

언니가 나한테 사과할 필요 없어. 언니도 한낱 직장인이니 어쩔 수 없겠지. 예전처럼 엄청 화가 나지도 않아. 대신 조금 허탈하긴 하다. 누군가에 의해 의도적으로 시작된 사랑은 누군가에 의해 인질로 잡힐 수도 있다는 걸, 왜 미리 생각하지 못했을까? 왜 이 연애의 주도권이 나에게 있다고 착각했을까, 등신같이.

일시불로 구매해도 되고 렌털 형태로 사용해도 되고. 언니 설명이 무슨 정수기 영업사원 같아서 혼자 웃었잖아. '천문학적인 개발 유지 비용을 감당할 수 없어서' '정식 출시 이후 소비자들과의 형평성을 위해' 같은 변명은 나를 포함한 전 세계 이십 개국 테스트 참가자들이 똑같이 들었어? 그 사람들은 각각 어떤 반응이었을지 궁금하네.

걱정 마. 현대인이라면 이런 경험이 낯선 건 아니니까. '짠! 우리가 이렇게 혁신적인 서비스를 탄생시켰습니다. 일단 한번 써보시라, 공짜다 공짜!' 시끌벅적 사람들을 끌어모은 후에 그들이 편리함에 익숙해졌다 싶을 때쯤 유료화시키는 게 글로벌 기업의 주특기잖아. 다만 이건 광고 없이 동영상 시청하기 요금제도 아니고, 시킨 물건 새벽까지 배송받기 서비스도 아니라서…… 내 마음 가장 깊은 부분을 차지한 무언가에 대한 문제라서, 그래서 이렇게 역하고 괴로운 건가봐. 어쩌겠어, 처음부터 누군가의 돈벌이였던 것에 순진하게 빠져든 나를 탓해야지.

서준이는 집을 나갔어. 나의 선택에 방해가 되지 않

도록 혼자만의 시간을 주고 싶대. 아마도 진짜 이유는 나랑 함께 있을 때 체험판 종료 안내 멘트가 툭툭 튀어나오는 것을 참을 수 없어서가 아닐까 싶지만. 지금쯤 서준이는 혼자 캡슐호텔에 누워 있을까? 사십여 분마다 한 번씩 자신의 존재가 버려질지도 모른다는 경고의 말을 무력한 마음으로 내뱉고 있을까? 돈 벌어야 한다는 건 아는데, 당신들 참 잔인하다.

[2월 24일 오전 1:37]

모든 연애에는 돈이 들잖아. 인간을 만나더라도 어차피 돈은 써야 하잖아. 월 699달러면 솔직히 내 월급으로 감당하기 영 힘든 수준도 아니고, 어디 좋은 데 하룻밤 호캉스만 다녀와도 나가는 금액이잖아. 서준이가 주는 기쁨을 생각하면 오히려 합리적인 비용 같기도 해. 나의 행복을 위해 이 정도는 쓸 수 있는 거 아닌가? 그러려고 돈 버는 거 아닌가?

근데 있잖아, 매달 내 계좌에서 699달러가 빠져나간 내역을 확인할 때마다 지금과 같은 기분을 느끼겠지? 나는 사랑을 돈으로 사고 있구나 하는 자괴감, 내가 애인이라고 믿고 있는 것이 실은 내 욕구를 채워주고자 출시된 전자제품이라는 실감, 혹시라도 언니 회사에서 렌털비를 인상하면 어쩌지 하는 염려와 달리 환율에 대한 관심, 그런 생각을 하는 스스로에 대한 환멸. 그런 것들을 매달 꼬박꼬박 자동이체하듯 느껴야 하겠지?

[2월 25일 오후 11:41]

서준이가 없다고 해서 특별히 집 안에 온기가 사라졌다거나 그렇진 않아. 서준이는 난방 기구도 안 쓰고 호흡할 때 이산화탄소를 내뱉지도 않아서 그런 걸까. 모든 게 서준이를 만나기 전으로 돌아갔어. 원래부터 혼자만의 집이었던 곳에서 눈을 뜨고, 허겁지겁 공복으로 집을 나서고, 집으로 돌아와선 소파에 안겨 텔레비전을 틀고, 다시 잠들 때까지 누구와도 대화하지 않은 채 하루를 마무리해. 저녁으로 배달 음식을 시키거나 레토르트 식품을 데우고, '와, 이 와중에도 배가 고프다니 나 완전 인간이네' 혼자 허허 웃다가 눈물도 찔끔 났다가, 체할 것 같아서 가슴팍을 퍽퍽 치기도 하고 그래. 바뀐 건 없어. 로봇 하나가 사라졌을 뿐인데 뭐.

체험 종료까지 4일 남았네. 서준이는 연락이 없고. 나 진짜 어떡하지.

[2월 26일 오전 4:23]

언뜻 기억하기로 체험이 종료되면 서준이는 미국에서 '처분'된다고 들었던 것 같아. 그게 어떤 건지 자세히 좀 말해줄래?

[2월 26일 오후 10:17]
아, 중고차 폐차하는 거랑 비슷한 거구나. 해체되고 분해되겠구나. 쓸 만한 부품 일부만 재활용을 위해 살아남겠구나. 나머지는 납작하게 압축되겠구나. 내가 안고 쓰다듬고 입 맞추던 그 몸이 뿔뿔이 흩어지겠구나. 이 세상에서.

[2월 27일 오전 3:18]
그러니까 애초에 언니 회사가 사업 아이템 하나는 기가 막히게 잡은 것 같아. 어린아이일 때조차 말 못하는 인형을 껴안고 사랑하는 법부터 익히는 게 인간들인데. 자동차나 카메라나 로봇청소기에도 애칭을 지어주는 게 인간들인데. 핸드폰을 잃어버리면 값나가는 물건이라서가 아니라 그 안의 추억, 그러니까 사진이며 메시지가 사라져서 슬퍼하는 게 인간들인데. 안 입는 옷이며 선물받은 포장지조차 못 버리는 인간들이 수두룩한데…… 그런 인간들더러, 사랑하라고 대놓고 로봇을 만

들었으니.

언니 회사 부자 되겠다. 미리 축하해.

[2월 28일 오전 6:48]

간밤에 서준이가 찾아왔어. 오늘이 '체험' 마지막 날이니까.

마음고생한 티가 겉으론 전혀 안 나는 건 로봇의 강점일까, 약점일까? 거짓으로라도 '수척해졌다'고는 말할 수 없이 멀끔한 서준이를 보니까 괜히 억울한 거 있지. 팅팅 부은 내 얼굴이 부끄러워 손으로 가렸더니 "얼굴 보러 온 건데 얼굴 좀 보자"며 슬쩍 손을 잡아 끌어내리는 건 어쩜 그리 감쪽같이 인간스러운지.

난 내일 오후 네시 비행기로 가. 그렇게 말하는 서준이의 말투가 유독 초연해서였을까? 스티로폼과 뽁뽁이 비닐에 쌓인 채 수하물 직원에 의해 덜컹대며 운반될 그애의 모습이 상상돼서였을까? 그 말에 뭐가 툭 터진 것처럼 눈물이 나는 거야. 담담한 서준이 앞에서 꺼이꺼이 통곡을 해버렸어. 그러다 멋쩍어서 "역시 피도 눈물도 없는 로봇이네" 하고 시비를 걸었더니 "아무래도 그 두 개는 확실히 없긴 하지?" 하고 받아치더라고. 자존심 상하게 픽 웃어버렸잖아.

한참 울고불고하다가 겨우 진정하고서 내가 내뱉은 말이 뭐였는지 알아?

— 사랑하는 사이에 헤어지는 일은 인간들도 종종 겪어.

이런 바보 같은 소릴 위로라고 했나 싶어 곧바로 후회했지. 서준이는 빙그레 웃으면서 알아, 하더라. 이런 순간까지 다정하게 굴진 말아줬으면 좋겠는데, 내 머리칼을 넘겨주는 손을 피하면서 괜히 툴툴거렸어.

— 너한테 미안해. 근데 안 미안해.

— 나는 그런 인간의 모순어법을 특히 어려워하긴 하는데, 뭔지 대충은 알 것 같아.

— 마지막으로 할 말 있으면 해.

서준이는 과장되게 흠흠 목을 가다듬더니 말했어.

— '내가 인간이었다면 좋았을걸, 그랬다면 계속 너와 함께할 수 있었을 텐데' 그런 말은 안 하고 싶어. 그건 너무 고전적이야. 난 인간이 되고 싶었던 적은 별로 없거든. 그래서 오히려 너에게 고마워. 내가 인간이 아닌데도 사랑해줬으니까. 내 존재의 이유가 되어줬고.

내가 또 울먹울먹 시동을 거니까 서준이는 "그만 울어!" 하면서 내 앞머리를 장난스럽게 헝클어뜨렸어.

— 유진아, 내 전원이 완전히 꺼지는 순간까지 난 너

를 그리워할 거야.

이보다 독창적인 이별 멘트를 또 들을 수 있을까? 나는 죽는 날까지 그 말을 잊을 수 있을까?

[2월 28일 오후 4:06]
서준이가 도착하면 잘 도착했다고 알려줄 수 있어?

[3월 1일 오전 6:47]
다행이다. 알려줘서 고마워.
이제 연락할 일 없겠다. 잘 지내.

[3월 1일 오전 6:49]
lee@galatea.com을 수신차단 목록에 추가했습니다.

[3월 14일 오후 1:56]
25개 메일을 휴지통으로 이동했습니다.

[6월 29일 오전 12:41]
186개 메일을 휴지통으로 이동했습니다.

[2월 15일 오전 2:08]

630개 메일을 휴지통으로 이동했습니다.

[12월 24일 오후 11:39]
1,147개 메일을 휴지통으로 이동했습니다.

[2월 4일 오전 10:16]
회원님의 메일이 2년간 미접속으로 휴면 처리되었습니다. 이용을 원하시면 본인인증을 진행해주세요.

[4월 5일 오전 12:35]
lee@galatea.com을 수신차단 해제했습니다.

[4월 5일 오전 1:48]
언니가 아직 이 메일 주소를 쓰고 있을지 모르겠네.
오랜만이야 언니. 잘 지내고 있어? 이제 주변에도 언니 소식은 아는 사람이 잘 없더라. 무소식이 희소식이니 아무쪼록 무탈하게 잘 지내고 있는 거였으면 좋겠다.
내 안부를 전하는 게 순서겠지. 난 그럭저럭 지냈어. 기쁘지도 슬프지도 않은 날들이 대부분을 차지하는, 그 사이마다 가끔 울거나 웃거나 하는 평범한 삶이었어. 여전히 스스로를 먹여살리기 위해 직장에 다니고, 그런 나를 격려하기 위해 맥주를 마셔. 회사의 꼰대 겸 또라이는 퇴사했어. 일 사고를 좀 쳤거든. 그런 걸 보면 사필귀정이란 게 있긴 한가봐. 종종 친구들을 만나고, 썸남 혹은 애인이라 부를 만한 상대를 만들기도 했어. 물론 그중에 로봇은 없었고. 저마다 고유한 매력과 결점을 지닌 인간들이었는데 그렇게 오래 만나지는 못했어.

언니 회사는 잘 해나가고 있더라. 세상에 그렇게 큰 영향을 끼치는 일을 하는 건 어떤 기분이야? 나 같은 소시민은 상상도 안 되네. 언니도 들어봤으려나? 요즘엔 주변 사람들한테 애인을 소개하면 "사람이에요, 로봇이에요?" 묻는 밈이 생긴 거. 내 주변만 해도 반려로봇에 관심 있는 사람들이 제법 되는 것 같아. 로봇 구매를 발표한 유명인에게 관심과 악플이 동시에 쏟아지는 걸 보면 선뜻 용기가 나지 않는다지만, 아무튼 제품 자체는 꽤 매력적인 모양이야. 우리 회사 팀장님은 제법 진지하게 고민 중이길래 꼬치꼬치 참견하고 싶은 걸 겨우 참았잖아. 친구 하나가 내게 "넌 살 생각 없어?" 묻길래 말없이 웃어 보인 적도 있고.

기분이 묘해. 사랑하기 위해 태어난 로봇이 있다는 건 오직 나만 아는 비밀이었는데, 어느새 이 얘기로 온 세상이 북적거리고 있다니. 가끔은 나조차 헷갈릴 때가 있어. 내가 서준이와 함께한 적이 있었나? 그애가 정말로 사람이 아니라 로봇이었나? 이제 나에게 서준이는 간밤에 꾼 꿈 같아. 누군가에게 말로 설명하기조차 쉽지 않은, 벌써 까마득하고 어렴풋해진, 그러나 분명 나는 생생하게 느낀 적 있는 무언가.

근데, 어젯밤에 누워서 핸드폰을 하다가 정신이 퍼뜩 들었어. 우연히 알고리즘에 뜬 영상 하나를 보게 됐거든. 언니 회사에서 올린 홍보 콘텐츠였고 실제 로봇들과의 인터뷰였는데 언니도 본 적 있는지 모르겠네. 인종도 나이도 다르지만 저마다 반짝반짝 매력적인 것이, 언뜻 보면 마치 할리우드 프랜차이즈 영화에 출연한 배우들 인터뷰 같던데. 영상 반응도 꽤 우호적이었고. '저런 로봇이라면 나도 갖고 싶다' 그런 댓글을 읽으며 언니 회사 마케팅도 잘하네, 했지.

영상 중간에 잘생긴 아시안 남자 로봇 하나가 나왔어. 예쁘게 웃으며 카메라를 향해 손을 들어 인사했는데, 이름이 데릭이었나 에릭이었나. 정식 판매용은 아니고 테스터로 제작되었다가 지금은 언니 회사 홍보용 로봇으로 활동하고 있다고. '자기들'을 대표해 활약할 수 있어 영광이라고. 수영과 요리를 좋아한다고. 쉬는 날엔 언니 회사 사옥에서 시간을 보내거나 샌프란시스코 도

심을 돌아다니거나 베이커 비치에 금문교 야경을 보러 가거나 한다고.

이름을 바꾸고 유창한 미국식 영어를 구사해도 알아볼 수 있지. 긴 손가락, 듣기 좋은 목소리, 진중함과 산뜻한 위트가 적절히 섞인 화법, 내 취향대로 알맞게 빚어진 얼굴, 한쪽 팔목에서 빛나는 팔찌. 다행히 아직 작동 중이구나, 나의 옛 애인.

막판엔 인터뷰어가 그런 질문을 했어.

— 당신도 사랑을 해봤나요?

— 물론이죠. 지금도 하고 있고요.

— 오, 흥미롭네요. 당신은 좋은 연인인가요?

— 음…… 모르겠어요. 부디 그랬길 바라요.

거기까지 보고 영상을 꺼버렸어. 두 번 볼 자신은 안 생기더라. 보기 싫어서는 아니고…… 너무 보고 싶어서. 겨우 꾹꾹 눌러 담아둔 마음이 다시 넘쳐버리면 곤란하니까. 구남친을 보고 이렇게 반가워하는 것도 흔한 일은 아니야, 그치?

서준이가(데릭 혹은 에릭이) 잘 지냈으면 좋겠어. 그애가 내게 준 것들, 내 곁에 머물며 남긴 것들을 가끔 생각해. 아니, 실은 매일 생각해. 헤어진 옛 애인을 그리워하는 건 AI의 관점에서 전혀 효율적이지 않은 일이겠지만 인간들 사이에선 종종 있는 일이기도 하지. 그애한테 고맙다는 말을 충분히 하지 못했어. 넌 최고의 연인이었다는 말도, 너를 평생 기억할 거라는 말도. 서준이가 행복하기를, 인간의 슬픔이나 외로움 따윈 영영 모르기를 진심으로 기도해.

근데 있잖아. 이건 좀 섣부른 얘긴데…… 혹시나 기도만으로 안 되는 순간이 오면, 내 마음이 얌전히 담겨 있지 못하고 끝내 쏟아져버리는 불상사가 생긴다면 말이야, 어쩌면 그땐 덜컥 샌프란시스코행 항공권을 끊어버릴지도 모르겠다는 생각이 들었어. 어차피 여름휴가는 가야 하고 난 아직 미국을 안 가봤으니까, 뭐 그런 변명들을 주섬주섬 늘어놓으면서 말이지. 그땐 언니한테 부탁 하나만 해도 될까? 나 밤마다 베이커 비치에 가 있을 것 같거든. 서준이에게 전해줬으면 해서. 금문교 불빛이 제일 잘 보이는 자리에 앉아 있을 테니 나를 발견해달라고. 그애가 능청스레 말을 걸어오면 난 환히 웃어 보일 거야. 그리고 그날 밤에 우린 아무 일도 없었다는 듯 데이트를 하는 거지.

나도 알아, 여러모로 골치 아파지리라는 거. 그러니 그런 일은 없어야 한다는 거. 최대한 노력해볼 거야. 근데 사람의 마음에는 정해진 로직이 없어서 입력값과 반

대로 작동하기 일쑤잖아. 마음의 주인조차 마음을 제어
할 수 없는데, 어쩌겠어? 미리 각오해놓는 수밖에.

머리랑 가슴이 따로 노는 거, 인간답잖아.

어느 꿈의 겨울,
아로루아에게 생긴 일

그 마을에는 봄과 여름, 그리고 가을이라는 단어가 없었다.

사람들은 한 해의 시작을 '작은 겨울'이라 불렀다. 눈발이 날리고 바람은 차가웠지만 영 고약한 날씨는 아니어서, 마을 사람들은 집을 고치거나 식량을 쟁여두는 데 '작은 겨울'을 할애했다. 문제는 '큰 겨울'이었다. 무엇엔가 화난 듯한 진회색 하늘이 굵은 함박눈을 밤낮으로 토해내는 '큰 겨울'이면, 사람들은 집 안에 틀어박혀 문을 단단히 걸어 잠그고 최소한의 음식만 먹고 먹으며 이 가혹한 시절이 무사히 지나가기를 기도했다. 그렇게 서너 달쯤 지나 눈발이 조금씩 가늘어지면 '마른 겨울'

이 오고 있다는 증거였다. '마른 겨울'에는 더 이상 눈이 오지 않았지만, 어른 키만큼 두껍게 쌓인 눈이 녹지도 않았다. 그래서 세상은 마치 새하얀 눈과 새파란 하늘의 두 가지 빛깔로만 나뉘어 보였다.

그리고 마침내 '꿈의 겨울'이 마을에 찾아들었다. 세상을 삼켰던 눈은 지난밤 꿈처럼 홀연히 녹아내렸고, 마을 전체에 잔잔히 흐르며 반짝거렸다. 사람들은 안도의 한숨을 내쉬며 집 밖으로 뛰어나왔다. 광장에 모여 축제를 열고, 외지에서 밀려드는 보부상들을 맞이하고, 옷장 깊숙한 데서 좋은 옷을 꺼내 입고선 오래도록 만나지 못한 벗을 방문했다. 사람들의 얼굴은 몇 달 만에 느껴보는 햇살에 황홀히 취해 있었다. 보름간의 '꿈의 겨울' 내내 마을에는 음악이 흘렀고, 하늘의 해도 저물기를 망설였다. 아름다운 계절이었다.

무엇보다 '꿈의 겨울'은 일 년 중 유일하게 동쪽 마을과 서쪽 마을을 오갈 수 있는 시간이었다. 깊은 협곡으로 나뉜 두 마을을 이어주는 오랜 석조다리가 마침내 녹은 눈 사이로 모습을 드러내면, 말쑥한 차림의 젊은이들이 볼을 붉게 물들인 채 바삐 오갔다. '꿈의 겨울'에 배필을 만나는 것이 이들의 오랜 전통이었다. '꿈의 겨울'에 만난 상대가 진정한 운명이며, 평생 가슴에 품어야 할 사랑이라고 마을 사람들은 믿었다. 그러나 그러한 존재를 발견하고 눈빛을 교환한 뒤 평생을 약속하기에 보름은 넉넉지 않은 시간이었다. 이때를 놓치면 또 일 년을 기다려야 했으므로, 짝이 없는 동쪽 마을 사람은 서쪽으로, 서쪽 마을 사람은 동쪽으로 서둘러 발걸음을 옮기곤 했다.

*

아로루아의 집에 낯선 이가 찾아든 것은, 그해 '꿈의 겨울' 다섯 번째 되는 날 밤이었다.

"똑똑."

처음에는 바람 소리라 생각했다. 그러나 명확하게 두 번 똑, 똑 하고 들려오는 소리에, 하얗게 튼 손등에 버터 조각을 문지르던 아로루아는 움직임을 멈추었다. 아버지는 바다 얼음이 녹는 '꿈의 겨울'을 맞아 마을의 장정 여럿과 함께 멀리 물범 사냥을 떠난 참이었다. 아직 아버지가 돌아오려면 열 밤이 남았다. 이 한밤중에 누가 찾아온 걸까.

"누구세요?"

문 너머에서 인기척이 들려왔다.

"안녕하세요. 저는 길을 잃은 사람입니다. 얼어 죽기 직전에 이 집을 발견하는 것에 제 인생의 운을 다 써버린 것 같네요. 낯선 이에게 쉽지 않으리라는 것은 잘 알지만…… 문 좀 열어주시면 안 될까요?"

난생처음 들어보는 억양이었다.

"방한호에 들어가면 되잖아요. 우리 집에서 작은곰자리 방향으로 예순 걸음쯤에 하나 있어요."

"방한호…… 요? 그게 뭐죠?"

마을 곳곳에는 갑자기 몰아닥치는 눈보라를 피하기 위해 사람들이 파둔 굴이 있었다. 이 마을 사람이라면 방한호를 모를 리 없었다. 아로루아의 눈매가 경계심으로 가늘어졌다.

"우리 집 벽장에 아버지의 사냥용 엽총이 있어요. 수상하게 군다면 꺼내 오겠어요."

실제로 엽총은 두어 번 쥐어본 게 다였지만, 아로루아는 최대한 위협적인 목소리로 엄포를 놓았다.

"제발, 불쌍한 여행객에게 이곳의 날씨만큼 차갑게 굴지 마시고……"

날카롭던 아로루아의 눈이 휘둥그레졌다.

"지금 '여행'이라고 했나요?"

"예. 많은 곳을 다녀봤지만 오늘이 가장 여행하기 힘

든 날이네요. 저도 남의 집 문 앞에서 동사할 정도의 민폐를 끼치고 싶지는 않습니다. 그러니……"

불청객이 말끝을 애절하게 늘어뜨렸다.

*

불청객의 표정은 벽난로의 온기 혹은 살았다는 안도감으로 노곤해 있었다. 아로루아는 멀찌감치 떨어져 그의 행색을 찬찬히 관찰했다. 머그컵을 쥔 빨간 손끝도, 입은 옷의 질감도, 신발의 모양도, 창백한 얼굴에서 풍기는 느낌도 묘하게 이곳 사람들과 달랐다. 곱슬하게 이마를 덮은 머리카락이 '마른 겨울'의 노을처럼 붉었다.

얌전히 차를 홀짝이는 모습이 위험한 사람처럼 보이지는 않았다. 물론 여차하면 벽장에서 아버지의 엽총을 꺼내 오겠단 다짐은 여전히 유효했다.

"저는 욘이라고 하고요. 인류학을 전공하는 학생입니다. 논문 속에 등장하는 마을을 탐사하려고 운전기사를 대동해서 근처까지 왔는데, 기사가 지도에 표기되지 않은 곳으론 운전할 수 없다며 자긴 이만 돌아가겠다는 거예요. 혼자 무작정 반나절쯤 걸었나? 추워서인지 GPS도 말을 안 듣고 핸드폰 배터리도 나가버리는 바람에⋯⋯"

아로루아의 애매한 표정을 감지한 욘이 머쓱한 듯 말을 멈추고 호로록 차를 마셨다.

"뭐 간단하게, 여행하다 길을 잃었다고 해두죠."

"아아, 여행."

엊그제 책을 읽다 처음 알게 된 단어였다. 책 보부상을 통해 구해 오는 외지의 책에서 낯선 단어를 접하는 것이 하루 이틀 일은 아니어서, 소화되지 못하고 명치에 며칠이나 얹혀들곤 했다. 그중 하나를 사람의 목소리로 다시 한번 들은 것은 처음이었다. '여행.' 아로루아는 그 낯선 단어를 입안에서 굴리듯 천천히 발음해보았다.

"여행이 무슨 뜻인가요?"

"여행이 뭔지 모르세요?"

"네."

"음."

욘이 코끝을 긁적였다.

"그냥, 멀리 떠나 새로운 곳에서 잠도 자고 밥도 먹고 사람들도 만나고. 낯선 것들을 겪어보는 뭐 그런 거죠."

"그런 걸 왜 하죠?"

"뭐⋯⋯ 낯선 것은 사람을 성장시킨다고나 할까요."

생각해본 적 없다는 듯 욘이 웃었다.

멀리 떠나는 것이 여행이라면, 아로루아에게 여행이란 지나간 '꿈의 겨울'에 친구 탈린을 따라 두어 번 서쪽 마을에 다녀온 기억이 전부였다. 축제의 인파에 파묻혀 기름진 음식을 먹고 낯선 이들이 걸어오는 대화에 응하는 동안, 애석하게도 성장의 기쁨은 느끼지 못했다. 때때로 아로루아의 새카만 머리카락과 연갈색 눈동자를 마음에 들어하며 다가서는 남자들이 몇 있었다. 그들은 순박하거나 씩씩했고 야생 순록 무리를 찾는 법과 곡괭이질로 눈 터널을 내는 법에 정통했지만, 아로루아가 말하는 책 속 미지의 세계에는 별 관심이 없어 보였다.

"이제 어떡할 건가요."

불청객이 대답 대신 불쌍한 눈망울을 지어 보였다.

아로루아는 한숨을 푹 내쉬었다. '꿈의 겨울'도 겨울이었다. 간밤에 수상한 행색을 한 남자가 얼어 죽은 채 발견되었다는 소식을 전해 듣고 싶지는 않았다.

다락방에 불청객의 이부자리를 깔아주고 돌아온 그 밤, 아로루아는 꿈을 꾸었다. 아버지의 엽총을 등에 메고 석조다리를 건너 서쪽으로 또 서쪽으로 한없이 걷는 꿈이었다. 얼어붙은 언덕을 넘고 자작나무 숲을 헤치며 걷고 또 걸었다. 발길 닿은 곳이 서쪽인지 아니면 그곳 또한 어딘가의 동쪽인지 분간할 수 없어질 때쯤, 저 멀리

지평선에 구불구불 붉은 노을이 지고 있었다. 무언가와 닮은 빛깔이라고, 아로루아는 꿈속에서 언뜻 생각했다.

*

욘은 아로루아가 아침 식사로 내어준 자주색 스튜를 한 숟갈 떴다. '뜬다'기보다 '숟가락에 묻힌다'에 가까운 조심스런 행위였다.

"이게 무슨 고기예요?"

"흑곰이요."

"예? 곰이요? 사람을 찢는 곰?"

맞은편에 앉은 아로루아가 홱 고개를 들었다. 스튜 속의 고기는 지난 '작은 겨울'에 마을 장정들이 흑곰 사냥에 성공했을 때 배급받아 몇 개월간 눈 속에 묻어두고 아껴 먹던 것이었다. 아로루아는 감히 반찬 투정을 하는 불청객의 엉덩이를 걷어차 쫓아내고 싶은 충동을 느꼈다.

"아, 별 뜻은 없고 신기해서요. 곰이라곤 어릴 때 동물원에서 본 게 다라서. 으음 뭐랄까 용맹스러운 맛이네요. 재료의 영혼이 깃들어서 그런가. 하하."

욘이 주절거렸다.

"그것만 다 먹고 바로 떠나세요. 다행히 '꿈의 겨울'에는 해가 기니까 부지런히 걸으면 원하는 데까지 갈 수 있을 거예요."

불청객은 어느새 대답 없이 그릇에 고개를 박고 있었다. 흑곰의 용맹한 맛이 의외로 입에 맞는 모양이었다.

욘은 처음 이 집에 도착했을 때보다 사뭇 평온한 모습으로 떠나갔다. 감사의 말과 작별 인사를 건네고, 잠깐 어느 방향으로 갈지 고민하듯 두리번거리더니 곧 발걸음을 내디뎠다. 평원 위를 저벅저벅 걸어나가는 뒷모습이 어느 정도 작아지자 아로루아는 문을 닫고 집 안으로 들어왔다.

익히 아는 하루가 시작되려는 참이었다. 오늘은 뜨개질 중인 스웨터의 소매 부분을 완성하고 오후에는 광장에 들러 보부상에게서 책 몇 권을 구해 올 것이다. 저녁에 좋아하는 링곤베리 차를 마시면서 읽어야지. 탈린이 서쪽 마을에 다녀오자며 들이닥칠지도 모르지만, 그렇다면 역시나 거절할 참이다.

뜨개질감을 집어든 지 얼마쯤 지났을까, 누군가 문을 두드렸다. 고블린도 제 말 하면 오는군, 중얼거리며 아로루아는 몸을 일으켰다.

"탈린?"

문을 열자 눈앞에는 떠나갔던 불청객이 서 있었다. 그 머쓱한 눈빛과 발그레한 코끝을 아로루아는 멍하니 바라보았다.

"말했듯이 GPS도 핸드폰도 먹통이라 어느 방향으로 걷고 있는지 전혀 모르겠더라고요. 어제처럼 개고생하며 밤늦게까지 또 다른 험지를 헤매게 될까봐 겁이 났어요. 어제처럼 운이 좋다면 당신처럼 너그러운 사람을 또 만나겠지만, 아니라면 이번엔 진짜 얼어 죽을지도 모르니까요. 그리고……"

"그리고?"

"괜찮다면 이 집에 얼마간 묵고 싶습니다. 별자리로 방향을 가늠하고 흑곰 요리를 맛볼 수 있는 이곳에서의 경험이 큰 공부가 될 것 같아서요. 내가 찾던 마을이 이곳인지는 알 수 없지만, 세계적인 석학으로 성장하는 데 한 획을 긋는 순간일지도 모르잖아요. 하하."

아로루아의 연갈색 눈동자가 황당함으로 일렁였다.

"……안 될까요?"

"우리 집에 묵게 해주면 당신은 뭘 줄 건데요?"

"뭐든 시키는 대로 하겠습니다! 열일곱 살에 독립해서 집안일은 잘해요."

"뜨개질할 줄 알아요?"

"아뇨."

"사냥은? 담비같이 작은 동물이라도."

"못하죠."

"숲에서 야생베리 덤불 찾는 법은?"

"몰라요."

"순록 힘줄로 실을 뽑는 건?"

"순록 힘줄로 실도 뽑아요?"

"도대체 할 줄 아는 게 뭐예요?"

진심이었다. 사냥도 못하고 옷도 못 짓고 방한호가 뭔지도 모르는 사람이 지금까지 살아 있는 게 신기할 따름이었다.

"잘은 몰라도 가르쳐주면 열심히 따라 해볼 수는 있어요. 교수님 밑에서 맨날 하는 게 그거니까."

욘이 주눅 든 목소리로 대꾸했다.

"아! 관심이 있을진 모르겠지만, 훗날 책을 쓰게 된다면 당신에게 헌정할게요. 책 첫 장에다 당신 이름을 쓰겠습니다. '언젠가 차디찬 낯선 마을에서 나를 구해준⋯⋯'"

떠벌떠벌하던 욘이 문득 말을 멈췄다.

"근데 이름이 뭐죠?"

"⋯⋯아로루아."

"'나를 구해준 아로루아에게.' 어때요?"

아로루아의 가슴이 한 번 크게 덜컹였다.

이 불청객에게는 묘한 구석이 있었다. 끊임없이 민폐를 끼치면서도, 결정적인 순간에는 마음의 빗장을 열 만한 열쇠를 슬그머니 꺼내 들었다.

"당신도 책을 쓸 수 있어요?"

아로루아의 동요를 느낀 욘이 씨익 웃었다.

"세계적인 석학까진 못 되더라도 책 한 권 정도는 쓸 수 있지 않을까요. 당신 이름이 들어간."

생각에 잠겼던 아로루아가 잡고 있던 나무문을 살짝 열었다.

"'꿈의 겨울'이 끝날 때까지만이에요. 아홉 밤 뒤면 아버지가 돌아오실 테니까."

아로루아의 계획에서 바뀔 것은 없었다. 마음먹었듯 광장에 나갈 채비를 했다. 다른 점이라면 눈을 빛내며 곁을 맴도는 이방인이 동행하리라는 점이었다. 그 눈빛은 부담스러웠지만, '불청객'을 '객'으로 받아들인 것은 아로루아의 선택이었으므로 어쩔 도리가 없었다. 집을 나서기 전 아로루아는 욘의 머리에 털모자를 씌워주었다. 마을 사람들의 시선으로부터 붉은 머리칼을 숨기기 위해서였다. 모자는 잘 맞았고 욘은 싱글싱글 웃으며 잘 어울리느냐고 물었다. 시끌벅적한 광장을 가로지르는 동안, 욘은 아이처럼 천진난만한 얼굴로 바삐 주변을 두리번거렸다.

그들은 악기 소리에 맞춰 춤을 추는 한 무리의 젊은 이들을 지나, 말린 생선과 향료, 외지에서 들여온 잡동사니 더미를 거쳐 책 보부상의 자리에 도착했다. 아로루아는 바닥에 깔린 중고책들을 유심히 살피더니 몇 권을 집어 들고 값을 치렀다.

"『오만과 편견』『비타민으로 암을 이긴다』『론리 플래닛 남미편』. 관심사가 꽤 다양하시네요."

책 꾸러미를 양팔에 든 채 욘이 참견했다.

그들이 집에 도착한 것은 하늘이 노을로 물들 때쯤이었다. 아로루아가 저녁거리를 준비하는 동안 욘은 탁자에 앉아 수첩에 무엇인가를 열심히 끄적였다. 중간중간 "아악 핸드폰 배터리만 있었어도 사진을 엄청 찍었을 텐데" 같은 이해할 수 없는 탄식을 내뱉었다. 그들은 염장한 연어로 식사를 했고, 아로루아는 욘에게 이끼로 설거지하는 법을 가르쳐주었다.

"몇 살이에요?"

"정확히 몰라요."

"나이를 모를 수가 있어요?"

"정확하게는, 모른다고요. 이 마을 사람들 다 그래요."

자갈돌을 가득 담은 접시에 뜨거운 물을 부으며 아로루아가 대답했다. 수증기가 흰 곡선을 그리며 모락모락 피어올랐다. 얼음처럼 차가운 공기에 온기를 불어넣는 이곳 사람들의 방식이었다.

"기억에 남아 있는 '꿈의 겨울'이 스물두 번 정도니까, 실제 나이는 그보다 조금 더 많으려나."

담요에 파묻힌 욘이 물었다.

"어머니는 어디 계세요?"

"저를 낳다가 돌아가셨어요."

"그렇구나. 미안해요."

"뭐가요?"

"그냥, 슬픈 일에 대해 물어봐서요."

"처음부터 없었던 것에 대해서는 슬프지 않아요. 있다가 사라지면 몰라도."

아로루아가 잔잔한 연갈색 눈을 깜빡였다.

마을의 다른 집들과 마찬가지로 아로루아의 집은 눈이 쌓이지 않도록 뾰족한 지붕을 갖추고 있었다. 그 지붕 바로 아래 다락방이 있었고, 그 공간은 욘의 거처가 되었다. 순록 털가죽과 굵은 실로 짠 담요를 깔고 머리 맡에 주황빛 램프를 두니 그럭저럭 아늑해졌다.

"잘 자요."

욘의 목소리에 아로루아는 눈짓으로 인사했다. 토도 도도, 아랫방으로 내려가는 그녀의 발소리가 멎자 칠흑 같은 고요함이 밀려들었다. 늦은 시간에도 미세한 소음이 섞여 있는 도시의 밤과는 달리 진공 상태에 가까운 침묵이었다. 아로루아는 적어도 스물두 해 이상 이 침묵 속에서 잠들었을 것이다. 이 침묵 속에서 매일 밤 자라나고 꿈꾸었을 것이다.

욘은 다홍색 담요를 얼굴까지 끌어당겼다.

*

"아로루아!"

아로루아가 가늘게 실눈을 떴다. 집 앞 마당(이라고 부르기엔 드넓은 평원의 일부)에 앉아 해바라기를 하던 참이었다. 탈린이 저 멀리서 손을 흔들며 걸어오고 있었다. 털모자 아래로 땋은 두 갈래 머리카락이 걸음에 맞춰 경쾌하게 흔들거렸다.

"안녕 탈린. 오늘도 예쁘네."

아로루아는 혹시라도 욘이 불쑥 집 밖으로 나올까봐 불안한 마음을 숨기며 인사했다.

"서쪽 마을엔 오늘도 안 갈 거야? 엊그제 다녀왔는데 건실해 보이는 청년들이 많았어. 다들 키도 크고 손발도 크고 아주 훤칠해. 예전엔 보이지도 않던 꼬맹이들이 어느새 배필을 찾을 만큼 컸나봐."

아로루아가 역시나, 하는 표정으로 웃었다.

"난 여기서 햇볕이나 쬐는 게 좋아."

"햇볕도 신나게 춤이라도 추면서 쬐면 더 좋잖아."

아로루아는 느릿느릿 고개를 저었다.

"넌 안 무서워?"

탈린이 뾰로통하게 물었다.

"뭐가?"

"혼자 남는 거. 이제 우리 마을에 짝이 없는 젊은이는 너랑 나, 그리고 과부들뿐이야."

"바위언덕 위에 사는 옐라는?"

"엊그제 만난 서쪽 사람이랑 잘돼가고 있는 것 같아. 오늘 밤에 그 사람이 이쪽으로 넘어온댔나봐. 걔네 집에선 벌써 둘이 초야를 보낼 방을 꾸미고 있다더라. 난 망했어."

오늘 밤 그들이 맺어지는 것이 탈린이 망하는 것과

어떤 상관이 있는지 아로루아는 이해하기 어려웠지만, 어쨌든 탈린의 얼굴은 금방이라도 눈물을 쏟을 것만 같았다.

"됐어, 나 혼자라도 갈 거야. 너는 영영 그 자리에 가만히 있다가 늑대 밥이나 돼버려라."

씩씩거리며 돌아서서 두세 걸음 내딛던 탈린이 홱 돌아보았다.

"방금 그 말은 좀 심했다. 취소."

아로루아는 풋 웃으며 손을 흔들었다.

*

욘은 자주 글을 썼다. 하루에도 몇 번씩 낡은 가죽 수첩을 꺼내 무언가를 끄적였다. 이곳의 공기 하나까지도 기록하겠다는 듯 빼곡한 글씨였다. 그날의 날씨와 식사 메뉴, 일과에 대해 썼다. 숲에서 차가버섯을 딴 일이며 자작나무를 깎아 컵을 만든 일, 풀숲에 덫을 놓으러 간 일에 대해 썼다. 아로루아에게 배운, 별의 흐름으로 시간과 위치를 읽는 법에 대해 썼다. 아로루아가 옛날이야기를 하듯 들려준 네 번의 겨울, 그리고 '꿈의 겨울'에만 만날 수 있다는 배필에 대하여 썼다. 그녀가 끓여주는 새콤떨떠름한 차의 맛과 이따금 손에 바르는 버터의 향에 대해 썼다. 뜨개질하는 아로루아의 옆모습에 대해, 그리고 그녀가 하루에도 여러 번 피워 올리는 흰 수증기에 대해 썼다.

아로루아는 시시각각 자신을 따라다니는 욘의 눈동자에 어느덧 익숙해졌다. 인생에 더해진 것이라곤 그 한 쌍의 담청색 눈동자뿐이었음에도 아로루아는 왠지 많은 것이 예전과 같지 않다고 느꼈다.

특히 욘의 수첩을 가득 차지한 것은 '꿈의 겨울'이 끝나기 나흘 전, 오로라가 뜨던 밤에 대한 기록이었다.

체감상 밤 아홉시쯤. 잘 자라는 인사를 하려고 아래층으로 내려갔는데 아로루아가 보이지 않았다. 문을 열고 밖으로 나갔더니 밤하늘엔 거대한 초록빛이 일렁이고 그 아래 아로루아가 서 있었다. 시야가 담을 수 있는 모든 곳에 빛이 존재하는 느낌. 그 빛은 한참 동안 일렁이다가 휘몰아치다가 옅어지는 듯하다가 다시 진해지기를 반복했다. 처음에는 너무 놀라 소리를 질렀지만 곧 숨이 막혔고…… 아로루아는 마치 텔레비전 드라마라도 감상하듯 편안하고 즐거운 표정으로 그 광경을 즐기고 있었다. 이런 일이 흔하냐고 물었더니, 매일 밤은 아니라도 드물지는 않다며 나를 보며 환히 웃었다. 그 웃는 얼굴 위로 거대한 초록 커튼이 빛을 내며 펄럭거리던 광경은, 아마도 죽기 전 떠오를 모습일 듯하다.

*

'꿈의 겨울'이 끝나기 사흘 전, 그들은 서쪽 마을에 가기로 했다.

그것은 우발적인 결정이었다. 풀숲에서 덫에 걸린 들토끼를 데려오는 길에 욘이 서쪽 마을에 대해 물었던 것이다.

"언젠가 집 앞에 누가 찾아와 '서쪽 마을에 가자'고 권하는 걸 들었어요. 되게 좋은 곳에 가자는 말투였는데."

토끼를 품에 안은 욘의 질문을 웃어넘기려다, 아로루아는 문득 생각을 바꾸었다. 서쪽 마을에서 욘이 지을 표정이 궁금해졌기 때문이었다.

언제부턴가 아로루아는 자신의 삶을 관찰하는 욘의 표정을 관찰하고 있었다. 밤하늘에 빛이 뜰 때(욘은 '오로라'라고 부르는 그것), 덫에 걸린 동물을 발견할 때, 난생처음 접하는 요리를 맛볼 때, 욘의 얼굴은 기쁨과 놀라움으로 뒤덮였다. 아로루아는 그 얼굴을 본 후에야 그것들의 특별함을 깨닫곤 했다. 욘은 마치 빛을 두 번 굴

어느 꿈의 겨울, 아로루아에게 생긴 일

223

절시키는 렌즈, 혹은 거울로 비춰야 글자가 보이는 밀서 같았다. 아무리 사소한 풍경이라도 이 이방인의 눈에 반사되면 색과 선이 더욱 짙어졌다. 그와 함께라면 서쪽 마을의 특별함을 깨닫게 될지도 모르겠다고, 아로루아는 생각했다.

그들은 서둘러 채비하고 서쪽을 향해 집을 나섰다. 푸른 바탕에 붉은 자수가 놓인 아버지의 옷은 욘의 체구에 넉넉하게 맞았다. 바삐 움직인 그들은 태양이 정수리 위에 놓이기 전에 석조다리에 도착했다. 우와, 영락없는 모험가의 표정으로 욘이 감탄했다. 까마득히 깊은 협곡과 푸른 하늘 사이, 곡선으로 펼쳐진 다리의 단면이 반짝였다. 일 년 중 보름만 보기에는 아까운 풍경이었다.

"갑시다."

그들은 다리의 초입에서 잠깐 눈을 마주친 후 보폭을 맞추듯 나란히 걷기 시작했다. 서쪽 세상으로 건너가는 길, 아로루아의 가슴이 알 수 없는 기분으로 두근거렸다. 문득, '여행'이라는 단어가 떠올랐다.

"뭔가 신나는 일이 벌어지고 있나본데요."

음악 소리가 점차 커지는 쪽을 향해 걸으며 욘이 속

삭였다. '꿈의 겨울'이 끝나감을 아쉬워하며 성대한 막바지 축제가 열린 참이었다. 인파의 중심에서는 악단이 악기를 연주하고, 사람들은 저마다 춤을 추거나 떠들고 있었다. 말소리와 음악 소리 그리고 지글지글 음식을 굽는 소리가 공기 중에 가득했다. 아직 배필을 찾지 못해 초조한 눈빛들과 이미 찾은 배필을 바라보는 감미로운 눈빛들 사이에서, 그 어디에도 속하지 않은 아로루아와 욘이 있었다. 누군가 그들에게 붉은 술을 한 잔씩 건네주었다. 술은 달짝지근하고 끈적해서 입안에 오래도록 남았다. 아로루아의 얼굴이 술의 빛깔처럼 붉게 달아올랐다.

"우리도 춤춥시다!"

욘이 어린아이처럼 활짝 웃으며 아로루아에게 손을 내밀었다. 아로루아는 망설이다가 주춤주춤 그 손을 잡았다. 따뜻하고 단단한 손이었다. 욘이 뜀박질하듯 아무렇게나 춤을 추자 아로루아가 웃음을 터뜨렸다. 그들은 명랑한 음악에 맞춰 손을 맞잡은 채 빙글빙글 돌며 발을 굴렀다. 서로의 얼굴을 그렇게 가까이서 오래 본 것은 처음이었다. 그들은 마치 거울처럼 마주 보며 흠뻑 웃었다.

털모자 아래로 흘러나온 욘의 붉은 머리카락을 정돈

해 숨겨주다가, 문득 아로루아는 그럴 필요가 없다는 것을 깨달았다. 아무도 그들을 신경 쓰지 않았다. 그들은 '꿈의 겨울'에 맺어진 평범한 한 쌍처럼 보였기 때문이다.

태양빛이 약해지기 전에 서쪽 마을을 떠나겠다던 계획과는 달리, 그들은 해가 지평선에 걸렸을 때에야 불현듯 돌아갈 생각을 떠올렸다. 북적이던 사람들이 하나둘 빠져나간 자리를 어둠이 채우고 있었다. 서둘러 동쪽으로 또 동쪽으로 발걸음을 옮겼으나, 낯선 땅에서 돌아갈 길을 찾기란 쉽지 않았다. 밤하늘의 별자리들도 오늘따라 짓궂게 몸을 숨긴 채였다. 공기가 빠르게 차가워지고 있었다. 아로루아는 덜컹이는 마음을 숨기려 욘의 옷자락을 꾹 쥐었다.

입술이 얼어붙고 손끝이 무뎌질 무렵, 욘의 표현을 빌리자면 '체감상 세 시간 정도'가 지났을 때, 정처 없이 걷던 그들은 작은 방한호 하나를 발견했다. 작은 입구 앞에 표식처럼 돌무더기가 쌓여 있고, 안쪽으로 두세 사람이 앉을 만한 공간이 파여 있었다.

"얼어 죽을 운명은 절묘하게 피해 가네요."

욘이 코를 킁, 마시며 웃었다.

그들은 방한호 안쪽에 어깨를 붙이고 나란히 웅크려 앉았다. 안도감이 따뜻한 수증기처럼 두 사람에게 밀려들었다. 서로에게서 미미하게 감지되는 온기가 묘한 위안이 되었다. 그들은 한동안 각자의 무릎을 안고 말없이 몸을 녹였다.

"그날, 당신이 처음 우리 집에 왔던 날 말이에요. 방한호를 모른다기에 '용케 얼어 죽지 않고 지금까지 살아 있구나' 싶었어요."

"모르는 게 너무 많죠, 내가."

"나도 이 마을 바깥세상에 대해서는 잘 모르는걸요."

"바깥세상이라."

욘의 표정이 아득해졌다.

"그렇죠. 이 마을 바깥에는 복잡하고 다양한 이야기들이 있죠. 연구 과제, 신상 핸드폰, 테러와 전염병, 데이팅 앱, 주식계좌와 공과금 고지서 같은 것들이요."

욘의 목소리가 두런두런 방한호 안을 울렸다.

"그런데…… 정작 살아가기 위해 알아야 할 건 그런 것들이 아니라는 생각이 들어요. 당신을 보고 있으면."

아로루아의 연갈색 눈이 느리게 깜빡였다.

"나한테도 알려주면 되죠."

"어떤 걸?"

"재미있거나 유용한 어떤 것이든."

"음."

욘이 잠깐 생각에 잠겼다.

"난 나중에 결혼하면 꼭 딸을 낳을 거예요."

"네?"

아로루아가 너털웃음을 터뜨렸다.

"그냥 내 바람이에요."

"재미있거나 유용해야 한다고 했잖아요."

두 사람이 키득거렸다.

"그런 거 말고, 책에서 읽은 것이라든지 스승에게 배운 것이라든지."

"음. 그럼 논문에서 읽은 거."

아로루아가 웃으며 턱을 괴었다. 연갈색 눈이 초승달처럼 가늘게 휘었다.

"전 세계 168개 문화권을 조사했는데, 오직 46퍼센트의 문화권에서만 키스를 한대요. 인류의 절반가량은 키스가 뭔지 모르는 거죠."

"키스?"

"네."

"그게 뭐예요?"

"음, 논문에서는 '어느 정도 여운을 두고 입술과 입술이 접촉하는 일'이라 정의했어요."

"그걸 하는 이유는요?"

"이유는……"

두 사람 사이에 정적이 일었다. 바깥의 바람 소리가 웅얼거리듯 아득하게 들려왔다.

아로루아는 가까이 다가오는 욘의 담청색 눈동자가 '마른 겨울'의 하늘색과 비슷하다고 생각했다. 각각의 겨울마다 그를 떠올릴 것들이 많아지고 있었다.

"이 마을 사람들도 키스를 모르나요?"

욘이 물었다.

"알죠. 적어도 한 명은."

붉은 볼의 아로루아가 대답했다.

*

서쪽 마을에서 돌아온 다음날, 아로루아는 탈린의 집으로 향했다. 탈린에게 털어놓고 싶었다. 낯선 손님이 불러일으키는 낯선 마음에 대해서. 탈린이라면 뭐든 알고 답을 해줄 것이다.

"어?"

집 바깥에 탈린의 옷가지며 세간살이가 잔뜩 쌓여 있

었다. 안팎을 오가며 부지런히 물건을 옮기던 탈린의 어머니가 아로루아를 발견하고 알은체를 했다.

"이게 다 뭐예요?"

"아직 못 들었니? 탈린이 드디어 배필을 찾아서 서쪽 마을로 간다. 이제 '꿈의 겨울'도 곧 끝나니 부지런히 짐을 옮겨야지."

"아로루아!"

집 안에서 탈린이 반갑게 뛰어나왔다.

"어떻게 된 거야? 배필을 만나다니?"

"엊그제 우리 마을로 넘어온 장정 중 한 명이야. 너는 요즘 무슨 일인지 바쁘기만 하고 나와 놀아주지 않아서 말할 시간이 없었어."

다락방에 숨어든 두 사람 아래로 짐을 옮기는 기척이 쿵쿵 울렸다.

"어떤 사람인데?"

"음…… 보통 체격에 눈동자가 검고, 자기 말로는 늑대 사냥을 잘한대. 형은 샤먼이라고 하더라."

"그리고?"

"더는 잘 몰라."

"……"

"천천히 알아가지 뭐. 어차피 앞으로 쭉 같이 있어

야 하는데.”

탈린이 장난스럽게 웃었다. 아로루아는 웃지 않았다.

“그 사람을 사랑해?”

“사랑? 네가 그런 말도 할 줄 알아?”

탈린이 웃음을 길게 늘어뜨렸다.

“글쎄, 그럭저럭 싫어하진 않는 것 같아.”

“평생을 함께해야 하잖아.”

“아로루아, 중요한 건⋯⋯ 내가 ‘꿈의 겨울’에 짝을 맺었다는 거야.”

웃음기를 거둔 탈린이 아로루아를 빤히 바라보았다.

“나, 매년 이맘때쯤이면 비슷한 꿈을 자주 꿔. 석조다리를 건너던 도중에 다리가 와르르 무너지는 꿈. 허공으로 떨어지면서 위를 올려다보면, 저마다 짝을 지은 채 나를 내려다보며 비웃는 사람들의 얼굴이 보여.”

“⋯⋯”

“나는 네가 축하를 해줬으면 좋겠어.”

“⋯⋯그래, 축하해 탈린.”

집 앞에서 두 사람은 마지막 작별 인사를 나누었다.

“이제 보기 힘들겠네.”

“그러게. ‘꿈의 겨울’마다 꼭 놀러와.”

“응, 그렇게.”

"너도 얼른 만나야지, 사랑하는 사람."

둘은 눈을 바라보며 옅게 웃은 뒤 길게 포옹했다.

"건강해, 아로루아."

"행복해야 해, 탈린."

*

눈에 띄게 해가 짧아지고 있었다.

"'꿈의 겨울'이 얼마나 남았죠?"

"이틀이요."

"이틀."

아로루아는 뜨개질로 스웨터를 마무리 중이었다.

"곧 아버지가 돌아오실 거예요."

욘은 어둑한 창밖을 바라보며 말없이 고개를 끄덕였다.

서쪽 마을에서 돌아온 순간부터, 아로루아는 욘을 둘러싼 공기가 미묘하게 변했음을 느꼈다. 풀숲에서 여우가 튀어나와도, 순록 젖으로 끓인 차를 내주어도, 새로운 별자리를 알려주어도 욘은 전처럼 호들갑을 떨지 않았다. 아로루아의 일거수일투족을 해독하려는 듯 집요하던 눈빛은 어느새 차분하고 지긋해져 있었다. 비로소

'관찰한다'가 아닌 '바라본다'고 말할 수 있는 눈빛이었다. 미미한 변화였지만, 닫힌 문 사이로 새어 들어오는 한 줄기 바람처럼 아로루아의 신경을 곤두서게 했다.

그리고 그날 밤, 하늘에 거대한 빛이 떴다.

두 사람은 마당에 나란히 서서 한동안 일렁이는 밤하늘을 올려다보았다.

욘이 밤하늘에 시선을 고정한 채 말했다.

"고백할 것이 있어요."

"뭔데요?"

"내가 길을 잃고 처음 당신 집에 찾아왔을 때, GPS도 고장 나고 핸드폰도 꺼졌다고 말했던 거 기억해요?"

"네."

"사실 GPS는 고장 나지 않았어요. 시원찮긴 했지만."

"무슨 말인지……"

"마음만 먹으면 원래 살던 곳으로 돌아갈 수 있었다는 뜻이죠."

하늘이 보라색으로 물들며 빛을 내뿜었다.

"근데 그냥 고장 났다고 했어요. 처음엔 이곳에 있고 싶어서, 나중엔 당신과 있고 싶어서."

욘이 시선을 돌려 아로루아를 바라보았다.

"나와 같이 가지 않을래요? 거긴 눈도 덜 오고, 당신이 좋아하는 책도 많아요."

아로루아는 천천히 고개를 가로저었다.

"내가 나일 수 없다면 어디에 있든 눈과 얼음 사이에 갇힌 것과 다름없어요."

밤공기에 둘의 입김이 하얗게 피어올랐다. 누구도 다음 말을 하지 않았다.

*

'꿈의 겨울' 마지막 날이 밝았다.

아로루아는 새벽부터 일어나 화덕에 빵을 굽고 수프를 끓였다. 욘은 그것들을 음미하며 천천히 먹었다. 욘이 지냈던 다락방은 원래대로 정리되어 있었다. 잠을 거의 자지 못한 욘이 일찍부터 부지런히 움직였기 때문이었다.

어둑어둑한 하늘에서 눈송이가 하나둘 떨어지기 시작했다.

"'작은 겨울'이 오고 있어요."

아로루아가 속삭였다.

"고마웠습니다."

욘이 문 밖에서 손을 내밀었다.

"악수. 헤어질 때 하는 인사예요."

아로루아가 그 손을 잡았다. 익히 아는, 따뜻하고 단단한 손이었다.

평원으로 걸어가는 욘의 뒷모습 위로 눈발이 흩어졌다. 그는 뒤돌아보지 않았다. 이대로 한없이 걸어서 까만 점이 되고, 마침내 시야에서 사라질 것처럼. 처음부터 아무 일도 없었다는 듯이.

문 앞에 서서 한동안 그 모습을 바라보던 아로루아가 욘을 향해 뛰기 시작했다. 기척을 느낀 욘이 걸음을 멈추고 돌아보았다. 두 사람의 좌표는 이미 한참 멀어진 채였으므로 다시 가까워지는 데는 오랜 시간이 걸렸다.

아로루아가 가쁜 숨을 잠시 고른 후, 욘에게 다가가 키스했다.

"인류가 키스를 하는 이유를 알 것 같아요."

아마도 사랑할 때 하는 인사.

평원 위의 까만 점 두 개가 포개진 채 한동안 움직이지 않았다. 눈송이들이 바람을 타고 밤하늘의 별처럼 자꾸만 하늘로 떠올랐다.

*

아로루아는 말끔히 청소한 집으로 아버지를 맞았다.

"잘 지냈니?"

"네."

무사한 서로의 얼굴을 바라보며 두 사람은 웃었다.

"올해 '꿈의 겨울'도 이렇게 끝났네요."

"그러게 말이다."

아버지가 털옷을 벗으며 딱하다는 듯 말했다.

"올해 '꿈의 겨울'에도 너는 배필을 만나지 못했구나."

아로루아의 얼굴에 비밀스러운 미소가 떠올랐다.

모든 것이 바뀌고, 아무것도 바뀌지 않은 채였다.

*

고백할 것이 있다. 이 글의 말미, 아로루아의 아버지가 돌아온 후의 이야기는 철저히 나의 상상으로 쓰였다. 욘이 들려준 이야기의 조각들을 이어 붙이고, 나의 상상력을 진흙처럼 덧발라 완성한 글이다. 해서 사실과 다른 부분이 있을 수 있음을, 독자 여러분은 너그러이 이해해 주시기를.

욘은 살아생전 내게 아로루아에 대해 자주 들려주었다. 옛사랑 이야기를 딸에게 늘어놓기 좋아하는 악취미가 있는 아버지였다. 그러나 나는 마치 숲속의 요정 이야기를 듣듯이 그 이야기를 즐겨 들었다. 계절이라곤 오직 겨울뿐인 마을과, 그곳에 사는 연갈색 눈동자의 누군가에 대해. 그러니 아무래도 인류학자였던 아버지보다는 소설가인 내가 이 책을 쓰는 것이 마땅하지 않겠는가.

이후로 아로루아가 어떻게 살았는지는 알 수 없다.

자기 자신인 채로 살았으리라 짐작할 뿐이다.

부디 이 책이 아로루아의 마을에까지 전해지길 빈다. 욘이 당신과의 약속을 지켰음을 알게 되기를.

작가의 말

누구도 시키지 않았고 상상해본 적도 없지만 정신을 차려보니 소설을 쓰고 있었다. 그 사실이 어쩐지 낯부끄러워 오랫동안 주변에 말하지 못했다. 쓰는 날보다 쓸까 말까 망설이는 날이 더 많았다. 이게 다 뭐람, 뭣이 중헌디, 중얼거리며.

그럼에도 계속 썼던 건, 내겐 당최 사랑만큼 흥미로운 무언가가 없기 때문이었다. 가끔 예상치 못한 순간에 사랑에 대한 어떤 상상들이 마음에서 흘러넘치곤 했다. 넘치는 것은 타인과 나눌 수밖에. 그렇게 몇 편의 이야기를 완성했다.

*

「전지적 처녀귀신 시점」은 잠들기 직전 문득 떠오른 한 줄짜리 제목에서 시작되었다. 내 덕질의 대상이었던 장국영 배우에게, 대책 없는 사랑에 빠진 세상의 모든 덕후에게, 나아가 모든 형태의 짝사랑을 앓고 있는 이들에게 바친다.

「스위처블 러브 스토리」는 '온전히 이해할 순 없지만 완전히 사랑할 순 있다'라는 옛 영화의 한 줄 대사에서 시작되었다(1993년 개봉작 〈흐르는 강물처럼〉). 정민과 기주의 이름은 각각 박정민, 진기주 배우에게서 빌려 왔음을 고백한다. 소싯적 카페 알바 경력으로 감수 및 자문을 해준 남편의 공이 컸다.

「소도시의 사랑」은 내가 겪은, 그리고 나보다 일찍 상경한 벗들이 겪은 서울에 대한 이야기다. 이 거대한 도시에 주민등록되어 있는 모든 남자와 여자가 덜 외롭기를 바라며 썼다. 쓰면서 즐겨 들은 '브로콜리너마저'의 〈유자차〉와 'RM'의 〈seoul〉 두 노래에 빚졌다. 작품에 가사를 인용할 수 있도록 너그러이 허락하신 '브로콜리너마저'에게 깊은 애정과 존경을.

「타로마녀 스텔라」는 '내 연애운 봐주는 사람의 연애

운은 누가 봐주나' 하는 궁금증에서 시작되었다. 살면서 누군가와 독점적인 관계를 맺어본 적이 (거의) 없는 주변의 사랑스러운 사람들을 떠올리며 썼다. 지인들의 운세를 봐주는 일 외에 나의 타로 지식을 발휘할 수 있어 기쁘게 생각한다.

「블라인드, 데이트」에서는 꽤 많은 것들을 말하고 싶었던 것 같다. 그러나 고백하자면, 좋은 연인의 자질을 충분히 갖췄으나 딱 맞는 상대를 찾지 못한 나의 벗들을 위해 쓰기 시작한 이야기다. 벗들이 부디 맞춘 듯한 짝을 만나기를. 그 짝의 종족이 인류라면 좋겠지만 아니어도 상관없겠지.

「어느 꿈의 겨울, 아로루아에게 생긴 일」은 내가 완성한 첫 번째 단편이었다. 한겨울에도 따뜻한 한반도 남쪽에 살면서, 세상의 북쪽 끝 겨울뿐인 마을과 그곳에 사는 누군가의 첫사랑 이야기를 쓰는 것은 그 자체로 일탈이고 유희이며 명상이었다. 아로루아에게 고맙다. 이 이야기를 완성하지 못했다면 계속 쓸 수 없었을 테니까.

*

엘리 출판사 편집부에 감사드린다. 가진 것이라곤 원

고뿐인, 경력 없는 작가의 단편소설집이 출간되기란 그 가능성이 얼마나 희박한 일인지 잘 알고 있다. 서랍 속에 있던 내 글이 발견되고 세심히 정돈되어 세상에 소개되는 행운을 덕분에 누렸다. 이 책을 단장하고 독자들에게 닿게 해주신 엘리의 디자이너와 마케터에게도 감사함을 전한다.

나의 벗들에게 고맙다. 숱한 밤 함께 술잔을 기울이며 떠들었던 사랑의 기쁨과 슬픔, 그들에게서 얻은 영감과 아이디어가 아마도 작품 군데군데 녹아 있을 것이다. "넌 계속 글을 써, 넌 작가가 돼야 해." 툭툭 던지던 응원들을 믿다보니 여기까지 올 수 있었다.

언제나 내 글의 첫 번째 독자가 되어주는 남편 김광수에게 감사를. 생일선물로 '사용자: 김수연 작가님'이라 입력된 노트북을 내밀 때부터 지금까지 그는 나의 열렬한 후원자이자, 사랑을 사랑하는 내게 더할 나위 없는 연인이다. 폭로하건대 그는 내 소설을 읽으며 두 번 눈물을 보였다. 그런 애정과 호들갑 덕분에 계속 쓸 수 있었으니, 어쩌면 이 소설은 그와 같이 쓴 것인지도 모르겠다.

그리고 누구보다, 지금 이 글을 읽고 계신 독자들께 친애 어린 감사의 마음을 보낸다. 어쩌다가 이 책이 당신 손에 들리게 됐는지는 알 수 없으나, 덕분에 이 책은 비로소 공상이 아닌 소설일 수 있다.

　내게 그보다 더한 기적은 없지 않을까.

스위쳐블 러브 스토리

ⓒ 김수연 2023

1판 1쇄	2023년 8월 26일
1판 2쇄	2024년 5월 3일

지은이	김수연
펴낸이	김정순
편집	김소영
디자인	김마리
마케팅	이보민 양혜림 손아영

펴낸곳	(주)엘리
출판등록	2019년 12월 16일 (제2019-000325호)
주소	04043 서울특별시 마포구 양화로 12길 16-9 (서교동 북앤빌딩)

✉	ellelit.book@gmail.com
ⓞ	ellelit2020
전화	02 3144 3123
팩스	02 3144 3121

ISBN   979-11-91247-38-1 03810